Un époux sur contrat

LUCY MONROE

Un époux sur contrat

Traduction française de
CÉLIA VAL

Azur

HARLEQUIN

Collection : Azur

Titre original :
BLACKMAILED INTO MARRIAGE

Ce roman a déjà été publié en 2009

HARPERCOLLINS FRANCE
83-85, boulevard Vincent-Auriol, 75646 PARIS CEDEX 13
Service Lectrices — Tél. : 01 45 82 47 47

www.harlequin.fr

ISBN 978-2-2804-3809-4 — ISSN 0993-4448

1.

— Rosalia Chavez-Torres ?

Au son de cette voix mâle et profonde, Rosalia se retourna et son regard se trouva arrêté par une veste de smoking à la coupe parfaite, épousant un torse large et puissant. L'homme se tenait à deux pas d'elle, bien trop près à son goût, et les effluves de son parfum luxueux la plongèrent dans une aura de puissante énergie. Elle s'écarta instinctivement mais un guéridon l'arrêta.

L'homme était si grand qu'elle dut ployer la nuque pour voir ses yeux. Leurs regards se croisèrent et le souffle lui manqua.

Il était totalement différent du reste des invités, ces hommes d'affaires policés qui se ressemblaient tous.

L'inconnu était vêtu du smoking noir de rigueur pour cette soirée, mais ses yeux brûlaient d'un éclat intense. Même le grand-père de Rosalia, avec toute sa prestance, aurait fait pâle figure à côté de lui. Qui pouvait être ce nouveau venu ?

A première vue, il ne faisait pas partie des héritiers fortunés ni des membres de la noblesse espagnole que son grand-père comptait parmi ses relations. Elle leur avait été présentée à tous, six ans plus tôt, lorsqu'on lui cherchait un mari. Depuis, elle avait décidé de tourner le dos à un destin qu'elle refusait.

Elle ne se rappelait pas avoir rencontré cet homme, mais avait remarqué son regard posé sur elle depuis le début de la soirée, et son habituel équilibre en avait été perturbé. Des sensations oubliées, importunes, l'avaient mise mal à l'aise.

Rosalia resta silencieuse, évaluant l'homme qui se tenait devant elle. Elle lut dans ses yeux la surprise : son absence de réaction devenait gênante. Sortant de sa torpeur, elle lui tendit la main.

— Je suis Rosalia Kennedy, plus exactement. Et vous ?

— Damian Marquez. Vous êtes donc la petite-fille de Benedicto ?

Il gardait sa main dans la sienne.

— C'est cela.

Sa main n'était pas celle d'un oisif, la paume en était rude, bien éloignée des mains de son mari, qui ne s'étaient jamais frottées au moindre travail… Damian, lui, exsudait une énergie, une assurance telles que Rosalia, déjà glacée, se mit à trembler.

— Vous avez froid ?

— L'air conditionné…, s'excusa-t-elle avec un geste vague, consciente de mentir.

Le froid qui l'enveloppait ne résultait pas plus de cette présence dominatrice que de l'atmosphère du lieu. Le corps de Rosalia s'était définitivement glacé le jour où le médecin lui avait annoncé que le cœur de sa fille présentait un défaut. Revenir ici, en Espagne, auprès d'un grand-père désapprobateur, ne l'avait certes pas réchauffé.

— Nous pourrions sortir sur la terrasse, il y fait encore très doux, suggéra Damian.

Elle haussa les épaules, indifférente. De toute façon, son grand-père ne l'écouterait pas au milieu de tout ce monde, elle pouvait donc remettre à plus tard sa plaidoirie. D'ailleurs, échapper au piège des sourires convenus lui ferait du bien. Depuis son entrée, elle focalisait l'intérêt de tous… Nul n'ignorait qu'elle ne venait qu'une fois par an dans la villa de la côte est espagnole et, comme elle avait rendu visite à son grand-père en fin d'année, personne ne l'attendait avant Noël prochain. Le dîner achevé, les invités avaient commencé à circuler dans les salons et la curiosité dont elle faisait l'objet avait crû jusqu'à devenir palpable. Chacun était trop bien élevé pour demander franchement les raisons de son retour prématuré, mais les murmures circulaient, évoquant les multiples déceptions qu'elle avait infligées à son grand-père.

Fragilisée depuis que la santé de sa fille était menacée, Rosalia trouvait l'ambiance insupportable.

Damian n'attendit pas une acceptation en bonne et due forme, il la prit par le bras et, ouvrant les larges baies vitrées, la conduisit sur la terrasse.

L'air, effectivement, y était encore doux, imprégné de la chaleur du jour. Rosalia inspira profondément, heureuse de sentir la tiédeur sur sa peau. Cela faisait si longtemps qu'elle avait froid !

— Cela va mieux, merci, fit-elle doucement.

— La plupart des Américains préfèrent l'air conditionné, mais vous avez été élevée ici…

— A partir de quinze ans, seulement. Avant, j'étais en Amérique.

Jusqu'à ce que son père décède… Alors, le comte Benedicto Chavez-Torres avait exigé le retour de Maria-Amelia et de sa fille Rosalia, adolescente. Elles avaient traversé l'océan et la mère de Rosalia, accablée de chagrin depuis la mort de son mari, n'avait pas compris à quel point sa fille souffrait de son nouvel environnement.

Lorsque Rosalia tentait de le lui faire comprendre, Maria-Amelia répondait qu'elle devait apprendre les usages espagnols, ceux de sa lignée maternelle. Mais Rosalia étouffait dans cette atmosphère noble et confinée et avait demandé à plusieurs reprises à rentrer aux Etats-Unis : son grand-père le lui avait toujours interdit.

Rien d'étonnant à ce qu'elle se soit enfuie à l'âge de dix-huit ans pour rejoindre un jeune Américain rencontré peu avant le décès de son père. Bien que sa relation avec Tobias ait été irrégulière, il avait fait preuve à son égard de plus de compréhension que n'en avait jamais montré sa propre famille. Bien entendu, sa mère et son grand-père s'étaient élevés avec force contre ce mariage…

Benedicto avait déshérité sa petite-fille, persuadé que ce coup de semonce suffirait à la faire revenir. Il s'était trompé et Rosalia n'avait pas davantage cédé aux pleurs de sa mère. Même la mort de Tobias ne lui avait pas fait reprendre le chemin de l'Espagne. La maladie de Kaylee, par contre, était une tout autre affaire…

Pour sa fille, Rosalia était prête à tout. Aucun sacrifice ne la rebutait.

Refoulant l'angoisse qui l'étreignait, elle ajouta :

— J'habite le Nouveau-Mexique, à présent. Il y fait chaud et j'aime ce pays.

— Je vois, murmura Damian, la fixant d'un air méditatif. Moi, je vis à New York. Chaud en été, glacial en hiver.

— Je vous plains. Je détesterais vivre dans le froid la moitié de l'année.

— Vous vous y habitueriez.

— Cela m'étonnerait.

Il ne répondit pas tout de suite et Rosalia eut l'impression qu'il la jaugeait.

— Votre grand-père dit que vous venez rarement. Ce n'est quand même pas l'air conditionné qui vous dissuade de lui rendre visite ?

— Ma fille et moi venons chaque année pour Noël, répliqua Rosalia, immédiatement sur la défensive.

— Pas plus fréquemment ?

— Les voyages rapprochés ne cadrent pas avec mon budget.

— Votre grand-père vous offrirait le trajet…

Sans doute, songea Rosalia, mais il aurait alors fallu supporter ses interminables harangues et l'insistance de sa mère pour qu'elle revienne vivre avec eux. Très peu pour elle.

— Peut-être n'appréciez-vous pas votre famille à sa

juste valeur, reprit Damian. C'est souvent le cas de ceux qui ont la chance d'en avoir une.

Damian ne cachait pas sa désapprobation. Cela surprit Rosalia et l'agaça : de quoi se mêlait-il ?

— Et qui ont été obligés de la supporter au quotidien, rétorqua-t-elle avec mordant. Vous qui parlez si bien des relations familiales, vivez-vous avec vos parents ?

— Ils sont tous les deux morts.

— Je suis désolée. Cela doit être très dur…

— Effectivement.

Qu'il le reconnaisse aussi ouvertement la surprit. Elle s'attendait à une attitude plus machiste, à un refus d'admettre que la souffrance pouvait l'atteindre.

— Et vos grands-parents ?

— Ils refusent de reconnaître mon existence.

L'irritation de Rosalia céda devant une franchise aussi désarmante.

— Les imbéciles, murmura-t-elle.

L'obstination de certaines familles la mettait toujours en colère. Elle connaissait trop bien le phénomène : son grand-père comme sa mère avaient ignoré Tobias pendant leurs trois années de mariage. Il avait fallu sa mort pour que son grand-père accepte de renouer le contact.

La mère de Rosalia, moins dure, n'avait cependant pas fait le moindre effort pour intégrer Tobias au cercle familial.

Damian esquissa un bref sourire au commentaire abrupt de la jeune femme.

— C'est une façon de voir les choses, dit-il.

La petite-fille de Benedicto ne mâchait pas ses mots et cela lui plaisait.

Il n'entrait pas dans ses projets d'épouser une femme effacée, sans personnalité, ni de transmettre de tels défauts à ses enfants.

— C'est la seule façon de les voir, répliqua-t-elle, si vous voulez mon avis.

— Je souhaite en effet votre avis. Votre réaction montre que la famille reste une valeur pour vous.

— Bien sûr ! s'exclama Rosalia, ses yeux ambrés brillant de sincérité. Je serais incapable tourner le dos à mon gendre, même s'il ne représentait pas à mes yeux le parti idéal, pas plus que je ne rejetterais les enfants de Kaylee.

Damian hocha pensivement la tête. Les parents de sa propre mère ne partageaient pas ce point de vue ; quant à ceux de son père, ils n'avaient même pas pris la peine de le connaître. Pendant trop longtemps, il était resté en marge de ce monde dont les portes auraient dû lui être ouvertes. Benedicto Chavez-Torres les avait poussées pour lui, et Damian avait pu intégrer ces cercles fermés. L'aide qu'il apportait au vieil homme en contrepartie n'était qu'un prix modique à payer.

— Les gens de notre monde n'ont que rarement votre ouverture d'esprit, commenta-t-il.

Rosalia eut un geste de dédain envers la villa de son grand-père, englobant tout ce que celle-ci représentait.

— Ce monde n'est pas le mien. Je ne le fréquente que par respect pour mon grand-père et ma mère, puisque c'est le leur depuis toujours. Je préfère de beaucoup vivre au Nouveau-Mexique.

— Vraiment ?

Damian la considéra gravement : ne faisait-elle pas contre mauvaise fortune bon cœur puisqu'à tout prendre, elle était déshéritée ?

Elle n'avait cependant consenti à aucune concession susceptible de radoucir le vieil homme à son égard, refusant même de reprendre son nom de jeune fille à présent que son mari était décédé. Si elle avait voulu plaire à sa famille, il lui aurait suffi de revenir à son patronyme espagnol.

Mais elle était bien trop indépendante pour cela. Pouvait-on en conclure que la richesse et le luxe inhérents au mode de vie de sa famille ne l'intéressaient pas ? Il était trop tôt pour le dire et le marché proposé par Benedicto ne mentionnait pas ce point.

Les soupçons de Damian devaient se lire sur son visage car Rosalia fronça les sourcils.

— Vous êtes très cynique, n'est-ce pas ?

Cette déclaration l'amusa. Non seulement elle était indépendante, mais sa franchise était rafraîchissante, sans parler de sa clairvoyance : elle avait raison quant à son cynisme. La vie s'était chargée de lui forger cette carapace…

— Et vous, vous allez droit au but.

— Vous me trouvez trop directe, sans doute.

Il s'approcha, plus près que les bonnes manières ne l'y autorisaient, observant avec intérêt la petite veine qui battait sur son cou gracile.

— Pas du tout. J'aime ça, au contraire.

— Ce n'est pas le cas de mon grand-père.

Sa voix un peu rauque agissait sur la peau de Damian comme la main d'une amante expérimentée.

Qu'avait-elle appris en trois années de mariage avec un garçon à peine sorti de l'adolescence ? Elle se troublait à son approche, rougissait comme une vierge alors qu'il ne la touchait même pas !

— Vous êtes nerveuse…

— La plupart des femmes le seraient, à proximité de vous.

Ravi d'une telle honnêteté, il éclata de rire.

— Figurez-vous, Rosalia, que je vous trouve extrêmement plaisante.

Elle se recula, assez pour le regarder droit dans les yeux.

— Et pourquoi cela semble-t-il vous surprendre ?

— Je ne m'y attendais pas.

Il rétrécit la distance entre eux, avec l'envie de goûter les lèvres qu'elle mordillait dans son agitation. Rosalia fit un pas en arrière, mais la rambarde de la terrasse l'arrêta et Damian ne fit aucun effort pour lui laisser plus d'espace. Sa réaction le fascinait. Ordinairement, quand il faisait mine d'approcher, les femmes ne reculaient pas… Elles lui ouvraient grand leurs bras, alors qu'elle les croisait sur sa poitrine en un geste de défense.

Il lui fallait savoir pourquoi. Jouait-elle un jeu très habile en feignant la nervosité ou était-elle sincère ?

— Rosalia, intervint la voix autoritaire de Benedicto, tu es là ?

Damian recula, préférant dissimuler l'attirance qu'il éprouvait : ce n'était pas la peine de donner des armes au vieil homme. Même s'il faisait totalement confiance à celui qu'il considérait comme son mentor, Damian n'avait pas construit sa position en révélant ses faiblesses. D'ailleurs, il y avait bien d'autres éléments que le désir à prendre en compte… Il avait devant lui une semaine pour accepter ou refuser le marché.

— Elle est bien là, Benedicto. Nous avons fait connaissance.

Le vieil homme les jaugea de son regard perçant.

— Bien… Et que savez-vous d'elle, à présent ?

— Trop peu de choses. J'aimerais en savoir plus.

— Parfait, rétorqua Benedicto en souriant.

Rosalia rougit.

— Et toi, Rosalia, reprenait son grand-père, apprécies-tu la compagnie de mon ami ?

Rosalia leva vers lui un visage vulnérable.

— Je croyais qu'il s'agissait de ton associé.

— Il l'est aussi, mais nous nous connaissons depuis longtemps.

— Je vois… Grand-père, reprit-elle après une hésitation, il faut que je te parle au sujet de Kaylee…

— Pas maintenant, l'arrêta Benedicto avec une dureté qui surprit Damian.

A voir le repli de Rosalia qui accusait le contrecoup de ce refus, Damian sentit une bouffée de colère lui monter à la gorge.

— Vous préférez sans doute être seuls, fit-il sèchement à l'adresse du vieil homme.

Celui-ci ne se trompa nullement sur le sens de cette intervention et sa mâchoire se crispa.

— Pas du tout, Damian. Nous sommes au beau milieu d'une grande soirée, ce qui est très inapproprié pour la conversation que ma petite-fille souhaite. N'est-ce pas, Rosalia ?

Un instant, Damian eut l'impression qu'elle allait se révolter, mais elle baissa les yeux en soupirant :

— Tu as raison, grand-père… Eh bien, je crois que je vais vous quitter et aller me coucher. Je ne suis pas encore remise du décalage horaire.

Elle fit une pause, tendue, comme si elle craignait encore un refus.

— Dors bien, Rosalia.

Le vieil homme sourit et Damian remarqua l'étincelle chaleureuse de son regard. Rosalia, elle, ne semblait pas l'avoir notée.

— A demain. Dormez bien, souhaita Damian à son tour.

Rosalia le considéra avec étonnement.

— Nous devons nous revoir ?

— Damian va rester quelques jours, expliqua son grand-père.

— Oh… Très bien. Bonne nuit.

Elle partit si vite qu'elle donna l'impression de fuir.

— Votre petite-fille est timide, fit remarquer Damian pour rompre le silence qui s'installait entre lui et son mentor.

— Elle fera une épouse admirable, répliqua le vieil homme. Avec elle, aucun risque de flirt dans la cuisine pendant que vous recevez des invités.

L'allusion à ce déplaisant événement effaça la douceur dont Damian s'était laissé bercer en compagnie de Rosalia. C'était exactement le genre de souvenirs qui lui avait fait prêter l'oreille à la curieuse proposition de son mentor. Pour étrange qu'elle lui ait paru, il ne l'avait pas rejetée : il savait que le vieil homme avait du flair et le sens des affaires. N'était-il pas le seul à avoir eu suffisamment d'audace pour investir dans leur association quelques années plus tôt ?

Epouser Rosalia, c'était se retrouver détenteur de la moitié des valeurs Chavez-Torres… Même si l'effondrement de la Bourse avait un peu écorné la fortune de Benedicto, ces actions représentaient plus qu'un simple capital : elles signifiaient l'accès aux cercles d'affaires réservés à la noblesse espagnole. La fierté de Damian ne se contenterait pas de simples richesses, qu'il avait d'ailleurs obtenues sans l'aide de personne. Ce qu'il voulait vraiment, c'était ce dont sa naissance illégitime l'avait privé.

Etre accepté. Même s'il devait forcer la porte, il siégerait au conseil d'administration des mêmes sociétés que son frère, l'héritier du titre qui aurait dû lui revenir.

L'offre de Benedicto était alléchante pour d'autres raisons : grâce à une dispense spéciale du roi, le *Conde* était prêt à céder à Damian l'un de ses titres, dès que ce dernier deviendrait membre à part entière de sa famille. Le reste irait aux enfants qu'il aurait avec Rosalia.

Cela requérait l'abandon de toute prétention aux titres de noblesse de la part de Kaylee Kennedy, citoyenne américaine. Kaylee était mineure, il faudrait que sa mère y renonce pour elle. Cela ne poserait aucun problème, Benedicto l'en avait assuré. Au vu de la disposition d'esprit de Rosalia, le vieil homme avait probablement raison, songea Damian.

Le lendemain matin, Rosalia rencontra Damian au petit déjeuner, mais Benedicto manquait à la table.

— Rendez-vous d'affaires, expliqua Maria-Amelia. Ton grand-père ne déjeunera pas ici et rentrera seulement après le dîner.

Devant l'air surpris de Rosalia, Damian précisa d'un ton bref :

— Nous rencontrons des associés à Alicante.

Il avait retrouvé l'attitude et le ton de l'homme d'affaires qu'il n'avait jamais cessé d'être, se dit Rosalia. La veille, elle avait cru que sa compagnie l'avait détendu, mais elle s'était leurrée. Elle ne devait pas être dans son état normal pour l'avoir laissé autant l'approcher. Sans l'irruption du vieil homme, Damian l'aurait embrassée, elle en était sûre. Pour une fois, son grand-père avait bien fait d'intervenir…

— Un après-midi de courses te tenterait ? lui demanda Maria-Amelia.

Rosalia sourit. C'était la meilleure manière que sa mère connaissait de chasser les soucis. Elle accepta, plus pour éviter Damian que dans l'espoir d'oublier ses propres tourments : l'avenir de Kaylee la rongeait jour et nuit, quoi qu'elle fasse.

Alors qu'elle bordait la petite fille blonde dans son lit, Rosalia parvenait à peine à croire que cet angelot aux joues roses et aux yeux d'un bleu de porcelaine était gravement malade.

Mais les apparences étaient trompeuses dans le cas de maladies cardiaques et le cardiologue n'avait laissé aucun doute à Rosalia sur la gravité de la situation.

— Ça va, maman ? On dirait que tu es triste.

Rosalia sourit, tâchant d'imprégner sa fille de tout l'amour qu'elle ressentait depuis qu'elle s'était sue enceinte.

— Je vais très bien, ma chérie. Et toi, tu es bien remise de ce grand voyage en avion ?

Kaylee lui adressa un grand sourire, qui se transforma vite en bâillement.

— Moi, j'aime bien l'avion !

— Tant mieux, puisque ta grand-mère et ton arrière-grand-père habitent si loin.

— *Abuela* Maria-Amelia ne doit pas aimer beaucoup ça, puisqu'elle ne vient jamais nous voir…

Rosalia se pencha pour embrasser sa fille. Si Maria-Amelia ne leur rendait jamais visite, il fallait plutôt incriminer leur train de vie modeste qu'une quelconque appréhension des trajets en avion.

Mais Rosalia se tairait sur ce point : Kaylee était bien trop jeune pour comprendre et elle ne voulait pas que sa fille se sente rejetée par sa lointaine famille. Elle-même en avait suffisamment souffert.

— C'est sûrement la bonne explication, ma chérie. Qui n'aurait pas envie de voir une adorable petite poupée comme toi ?

Kaylee se trémoussa, ravie du compliment.

— Je t'aime, maman !

— Je t'aime aussi, mon cœur.

Rosalia borda sa fille, s'assurant que la couverture ne risquait pas de glisser. Son grand-père chauffait décidément très peu, pas assez pour tiédir l'imposante maison aux murs de pierre. Le confort d'une demeure chauffée lui paraissait sans doute méprisable…

Elle se leva, éteignit les lumières et se retourna pour un dernier bonsoir. Déjà, les paupières de sa fille se fermaient.

— Maman ? fit la petite d'une voix ensommeillée.

— Oui, chérie ?

— J'ai rencontré un monsieur très gentil aujourd'hui.

— Ah bon ? Quand cela ?

— Tu étais partie avec *Abuela* pour faire des courses et il est sorti de la maison pour me voir sauter à la corde.

Le médecin avait dit qu'un peu d'exercice ne la mettait pas en danger. Pas pour l'instant.

— Et comment s'appelait ce gentil monsieur ?

— Damian. Il a dit qu'il était ami avec toi.

Damian avait bavardé avec sa fille ? C'était curieux. Elle se prit à sourire.

— Un ami de fraîche date.

— Maintenant, il est mon ami à moi aussi.

— Et je suis très chanceux d'avoir réussi à me faire deux aussi ravissantes amies en si peu de temps.

Rosalia sursauta à la voix de Damian, juste derrière elle.

— Que faites-vous là ?

— J'espérais arriver à temps pour souhaiter une bonne nuit à Kaylee.

Déconcertée, Rosalia se trouva sans voix, ce qui n'était pas le cas de sa fille.

— Damian ! Viens vite me faire un bisou !

Kaylee s'était redressée sur son oreiller, le visage plein d'animation, toute sa fatigue effacée comme d'un coup de baguette magique.

Rosalia ralluma et laissa entrer le nouvel ami de sa fille. Qu'aurait-elle pu faire d'autre ? Il vint embrasser la fillette et se laissa aisément convaincre de lui lire une histoire. Tout ceci semblait tellement irréel que Rosalia se croyait sur une autre planète, où de puissants hommes d'affaires se métamorphosaient en tendres nounous pour enfants sages… La patience n'était certes pas une qualité qu'elle s'attendait à découvrir chez Damian.

Elle n'avait pas non plus prévu l'incroyable attirance qu'il exerçait sur elle ! Son cœur s'emballait à son approche, l'air semblait se raréfier autour d'eux… Il n'y avait pas à s'y tromper. Rosalia croyait à peine le témoignage de ses sens, c'était incompréhensible, mais elle ressentait l'irrésistible envie de le toucher et ce simple désir l'angoissait.

Son grand-père paraissait l'éviter à dessein, se prétendant pris par de multiples rendez-vous, mais pas une journée ne s'écoulait sans que Rosalia ne rencontre Damian. Il se matérialisait à son côté où qu'elle se trouve, l'attirant avec une force magnétique, sans paraître s'en émouvoir. Il séjournait peut-être chez Benedicto pour affaires mais dans les faits, passait le plus clair de son temps avec elle et Kaylee. Ni sa mère ni son grand-père ne semblaient s'en formaliser.

En dépit du souci que lui causait l'état de sa fille et du fait que son grand-père trouvait toujours prétexte à repousser leur conversation, Rosalia appréciait les heures passées en compagnie de Damian. Ils se découvraient de multiples points communs et, près de lui, elle ne pouvait nier être particulièrement sensible à la sensualité qu'il dégageait.

De son côté, Damian semblait apprécier tout autant sa présence. De façon subtile, il lui laissait entendre qu'elle était désirable et son intérêt soufflait sur les braises du désir naissant qu'éprouvait Rosalia. Effrayée, presque paniquée, elle ne savait plus où elle en était.

Damian Marquez était un fin stratège qui n'entrait sur un champ de bataille que pour remporter la victoire et, à se voir ainsi l'objet de ses attentions, Rosalia avait l'impression qu'il la considérait comme une prise de guerre. Tobias, s'il avait encore été de ce monde, aurait pu avertir Damian qu'il faisait fausse route… Pourtant, malgré la défiance qu'elle nourrissait envers les réactions de son corps, Rosalia sentait renaître une sensualité qu'elle avait crue morte à jamais.

Elle avait presque oublié sa féminité et ce rappel exacerbait des émotions par ailleurs à fleur de peau. Tout se conjuguait pour la rendre vulnérable et, si les difficultés continuaient à pleuvoir sur elle, elle risquait de s'effondrer.

Tout d'abord, il lui fallait évacuer le souci que lui causait la santé de sa fille, chaque jour augmentait ses craintes concernant l'avenir de Kaylee. Son grand-père évitait-il leur conversation parce qu'il comptait lui refuser son aide ? Cela pouvait paraître odieux, mais, de la part de Benedicto, tout était possible. Le désespoir rongeait Rosalia, grignotant chaque jour la mèche qui mettrait le feu à ses émotions, déjà mises à mal par Damian, qui pulvérisait d'un simple regard l'assise de ses certitudes… Soudain, Rosalia se trouvait incapable de gérer sa vie. Elle devait d'urgence échapper à l'influence de cet homme, avant de commettre l'irréparable et de se laisser aller à ce qu'il lui inspirait…

2.

Rosalia était sortie, espérant que la chaude soirée de ce début d'été pourrait dissiper le froid qui lui glaçait les os. Une nouvelle fois, son grand-père s'était dérobé. Oh, il n'avait pas refusé net, mais quand elle l'avait approché, il lui avait fait comprendre qu'il comptait discuter affaires avec Damian après le dîner.

La santé de Kaylee ne pouvait pas attendre. Il fallait qu'elle obtienne les fonds nécessaires à son opération, même si cela l'obligeait à ravaler sa fierté et sa colère. Elle supplierait, s'il fallait en venir là. L'argent de son grand-père lui était indispensable. Elle avait épuisé toutes les autres solutions avant de se résoudre à demander son aide.

La compagnie d'assurance s'était récusée sous prétexte que rien n'avait été décelé lors de l'examen néonatal du bébé. Mais le médecin qui avait interprété les tests de Kaylee était celui-là même qui lui avait dit qu'un verre de vin avant l'amour suffirait à résoudre son problème. Il s'était donc trompé deux fois…

Les derniers examens passés par sa fille indiquaient un risque cardiaque pour l'instant réduit, mais qui s'accroîtrait avec le temps.

Les parents de Tobias auraient été heureux d'aider Rosalia. Ils vivaient sur une retraite très modeste et avaient offert de vendre leur petite maison du Nouveau-Mexique, située aux confins du désert. Hélas, même s'ils avaient versé à Rosalia l'intégralité du produit de la vente, cela n'aurait pas suffi. Quant au salaire de Rosalia, enseignante en maternelle, il couvrait à peine les nécessités de la vie courante. Il lui était impossible de compléter la somme qu'auraient pu lui donner ses beaux-parents.

Elle soupira, se lovant du mieux possible sur le banc de pierre qu'un simple coussin peinait à rendre confortable. Au moins, ici, elle était seule avec ses pensées. La caresse de l'air tiède sur sa joue lui rappelait qu'elle était capable d'éprouver des sensations physiques. Cela lui sembla étrange, après tout ce qu'elle avait traversé.

— Vous fuyez encore l'air conditionné ?

Surprise par la voix de Damian, Rosalia tressaillit.

Il se pencha vers elle et haussa un sourcil.

— Vous semblez bien songeuse, reprit-il d'un ton inquisiteur.

— Je le suis. Cela fait plusieurs jours que je cherche à parler à mon grand-père, mais il n'a jamais le temps et je commence à désespérer.

En dépit des tristes pensées qu'elle remâchait, Rosalia ne put s'empêcher de frissonner tant la proximité de Damian l'affectait.

— Je suis sûr qu'il prendra le temps le moment venu.

— Vous savez de quoi il est question ? interrogea-t-elle, choquée que son grand-père ait pu partager une information aussi confidentielle.

Il était évident que Benedicto entretenait avec son associé des rapports qui dépassaient le simple cadre des affaires mais le *Señor* Marquez n'appartenait quand même pas à leur famille !

— *Si.* Benedicto et moi avons pas mal bavardé ces derniers temps.

Damian s'assit à côté de Rosalia et étendit le bras sur le dossier du banc, effleurant la peau nue de son épaule.

Rosalia frémit. Ce léger contact faisait courir des frissons dans son dos, mettant à mal son système nerveux et elle regretta d'avoir enfilé ce fourreau noir à fines bretelles. Il n'y avait pas assez de tissu pour la protéger.

— Votre peau est si douce, *bonita*...

Il effleura son décolleté et elle frissonna. Sa voix riche et chaude s'insinuait en elle comme un philtre magique. Il la jugeait belle ? Quelle ironie... Elle avait perdu l'habitude de se voir comme une femme et n'imaginait plus qu'on puisse la trouver attirante.

— Nous ne devrions pas...

— Chut, murmura-t-il en posant la main sur sa bouche pour étouffer ses protestations. Il faut que nous nous rendions compte...

De quoi pouvait-il bien parler ? L'enchantement qui la paralysait chassait toute pensée cohérente. Le peu de raison qui lui restait plaidait pour qu'elle se lève, mais elle en était incapable.

Damian la touchait et, pour la première fois depuis longtemps, elle se sentait connectée à un autre être humain. C'était trop bon pour rompre le contact, elle en avait désespérément besoin.

Cela faisait si longtemps qu'elle était seule...

Il s'approcha et sa cuisse dure effleura celle de Rosalia tandis qu'il refermait le bras autour de ses épaules.

— Avec votre grand-père, nous avons discuté chaque détail mais cela, bien sûr, je ne pouvais m'en assurer que par moi-même... Je suis certain que vous en êtes curieuse, vous aussi.

— Curieuse ?

— Votre voix est un peu rauque... Je me demande pourquoi, ajouta-t-il d'un ton taquin que Rosalia trouva profondément sensuel.

— Je crois... que vous m'attirez, reconnut-elle, sachant qu'il aurait mieux valu se taire.

Il allait croire à une invite de sa part et elle ne pouvait se le permettre, même si elle avait envie d'aller plus loin !

Les narines de Damian palpitèrent.

— Je vous trouve très attirante aussi, Rosalia. C'est une bonne chose.

Avant qu'elle puisse lui demander la raison de cet étrange commentaire, la bouche de Damian s'empara de la sienne.

Le temps se figea. Soudain, il n'existait plus que lui et les merveilleuses sensations qu'il faisait naître sous ses lèvres. Il devait être un séducteur accompli pour taquiner ainsi sa bouche, l'incitant à l'entrouvrir. Elle retrouva le goût poivré du vin qu'ils avaient bu au dîner, ainsi qu'une saveur bien plus aphrodisiaque.

Elle gémit et s'accrocha à sa chemise, terrifiée à l'idée qu'il puisse s'écarter et la priver des sensations incroyables qu'il faisait naître en elle. Mais ses lèvres continuaient leur douce pression, suscitant en elle une réponse qu'elle se croyait incapable de donner.

De son propre gré, elle intensifia leur contact et la bouche de Damian s'empara de la sienne avec une assurance de vainqueur. Son message était clair : *tu m'appartiens.*

Les lèvres de Rosalia, complices, répondaient *oui*…

Une main à la fois douce et autoritaire se mit à caresser le contour de son sein. Rosalia sursauta devant l'intimité du geste, incapable de s'écarter ou de lui demander d'arrêter. Attentive au léger contact de ses doigts sur sa peau, elle ne demandait qu'à le laisser s'enhardir et sursauta lorsque, du pouce, il effleura la pointe qui durcit immédiatement à son toucher.

Il l'attira contre lui et d'une main hésitante, elle dessina le contour de son torse.

— Rosalia, vous me rendez fou…

— C'est involontaire, murmura-t-elle, s'excusant presque.

Comment osait-elle se comporter ainsi ? Etre si proche de lui, oser le caresser… C'était si grisant ! Une passion débridée s'empara d'elle, les doigts qui taquinaient son sein lui faisaient perdre le peu de sens commun qui lui restait.

Le rire voilé de Damian vibra en elle…

— Mais cela ne me dérange pas, *bonita*. J'aime que vous me touchiez.

Décidée à sentir, au moins une fois, la chaleur de sa peau, elle fit sauter les boutons de sa chemise. La toison légère qui titilla sa paume lui parut incroyablement douce et le gémissement de Damian lui donna le vertige.

Elle sentit à peine l'air effleurer ses seins nus, elle n'éprouvait qu'un désir brûlant, sans aucune mesure avec la peur qu'elle avait ressentie lors de son mariage.

La bouche de Damian se saisit d'une pointe érigée et elle dut se mordre la main pour ne pas crier.

— Vous êtes si sensuelle… C'est incroyable !

Elle était la première à le penser. C'était la première fois qu'elle ressentait ce maelstrom de sensations. Sa tête allait de droite à gauche en un mélange de frénésie et de déni, mais Damian n'y prêta pas attention. Elle sentit sa main s'insinuer entre ses cuisses, embrasant sous ses caresses des perceptions dont elle ignorait l'existence. Lorsqu'il approcha du cœur de son intimité, la lucidité revint en un éclair à Rosalia et avec elle, le souvenir de ses nombreux échecs.

Elle refusa d'écouter sa raison. Elle était si excitée que son corps ne la trahirait pas. Pas cette fois !

Hélas, dès que la caresse de Damian se fit plus intime, elle sentit son corps se refermer. Il allait comprendre, découvrir sa faille, son incapacité à être femme et cela, elle ne le supporterait pas.

C'est ainsi que l'amour de Tobias s'était mué en colère, puis finalement en pitié. Quel homme voudrait d'une femme incapable de faire l'amour ?

Elle rompit leur étreinte et se leva avec une précipitation qui surprit Damian. Son air ébahi prouvait clairement qu'il espérait une suite à leurs ébats.

— Rosalia… Que se passe-t-il ?

— Ce n'est pas possible.

— Vous avez raison, pas ici… Il tourna la tête pour vérifier qu'ils étaient seuls. Venez dans ma chambre.

Elle secoua la tête, incapable de s'expliquer, refermant les pans de son chemisier autour de sa nudité soudain gênante.

Damian parut comprendre mais soudain, un implacable cynisme marqua ses traits.

— Vous souhaitez attendre…

— Non, je… Vous ne pouvez pas comprendre.

— Bien sûr que si, répliqua-t-il avec un sourire sans joie. Enfin, le dernier obstacle vient d'être levé, et je vais pouvoir achever les négociations avec votre grand-père.

— Vous croyez… que j'ai fait tout ça, s'insurgea-t-elle en désignant le banc où ils avaient failli faire l'amour, pour faciliter vos négociations avec mon grand-père ?

Elle se sentit nauséeuse, et pas seulement parce que son corps l'avait trahie.

Le visage fermé, Damian la considéra en silence quelques secondes.

— Non, fit-il enfin. Vous m'avez réellement désiré et cela me suffira. Qui suis-je pour exiger que vous vendiez la peau de l'ours avant de l'avoir tué ? En affaires, je me comporte exactement comme vous.

Rosalia n'avait pas la moindre idée de ce dont il voulait parler, mais ne s'attarda pas à lui poser la question. Tournant les talons, elle s'enfuit sans demander son reste.

Benedicto Chavez-Torres ne chauffait pas plus son bureau que l'ensemble de sa demeure. Rosalia, frissonnante, attendit qu'il ait terminé sa communication téléphonique pour parler.

Il raccrocha enfin et la fixa de son regard d'acier.

— Ta mère me dit que tu as quelque chose à me demander.

Ce n'était pas la peine d'arrondir les angles, elle n'essaya même pas.

— Oui, il me faut de l'argent. Une grosse somme.

— Pour ?

Le cœur de Rosalia se serra.

— S'il te plaît, grand-père, ne jouons pas à ces petits jeux. Maman t'a mis au courant des problèmes cardiaques de Kaylee. J'ai besoin de savoir si tu acceptes de m'aider.

— Ta fille doit être opérée, je présume ?

— Il s'agit aussi de ton arrière-petite-fille ! lâcha Rosalia, choquée par tant de froideur.

Elle qui pensait qu'il avait fini par accepter Kaylee après la mort de Tobias ! Elle le savait d'un caractère peu porté aux grandes démonstrations d'affection, c'était du moins l'explication qu'elle avait adoptée pour justifier la distance qu'il maintenait entre eux.

— Je ne nie pas qu'elle a mon sang dans les veines. C'est plutôt toi qui refuses cette ascendance.

— Choisir de vivre au Nouveau-Mexique ne signifie pas que je vous rejette.

— C'est toi qui le dis…

Elle s'était préparée à un tel affrontement. Benedicto lui ferait payer ce qu'il lui accorderait, mais elle l'acceptait. Le terrain sur lequel il l'attirait lui convenait, en fait : dans les mois prochains, elle devrait déménager en Espagne avec sa fille, pour demeurer près d'elle après l'opération.

— Et si nous acceptions de nous installer ici, cela modifierait-il ta position ?

— Combien te faut-il ? interrogea-t-il sans répondre à sa question.

Rosalia cita un chiffre qui couvrait les frais opératoires, le séjour de sa fille à l'hôpital et la somme nécessaire à les entretenir toutes deux pendant qu'elle s'occuperait de sa convalescence, ce qu'elle ne pourrait faire en travaillant. La somme lui paraissait astronomique, mais elle savait que le vieil homme disposait de fonds considérables.

— Tu recevras le double à deux conditions.

— Lesquelles ? s'enquit-elle d'un ton soupçonneux.

— Je suis un vieil homme, Rosalia. Je n'ai aucun fils

à qui léguer mon entreprise. Chaque année qui passe me fait ressentir ce vide plus douloureusement.

— En quoi cela concerne-t-il Kaylee ?

— En rien. Mais cela détermine les conditions auxquelles je vais te demander de satisfaire.

Rosalia garda le silence, attendant qu'il s'explique.

— Je veux un héritier, quelqu'un à qui laisser tout ce que j'ai.

— Tu veux faire de Kaylee ton héritière ?

Rosalia était horrifiée à cette idée. Si sa fille devait en passer par les volontés de son grand-père, elle n'aurait aucune chance de vivre pour elle-même.

— Tu me comprends mal. Il est temps que tu te remaries.

Le sang quitta le visage de Rosalia. C'était hors de question. Impossible.

— Non.

Son grand-père se leva, la dominant de sa haute stature.

— Tu pleures ton mari comme s'il était un dieu. Crois-moi, il n'était qu'un homme, et plutôt piètre, qui plus est.

— Tobias s'est montré bon envers moi.

Ce qui les avait séparés n'était pas sa faute.

— Il n'était qu'un gamin jouant à être un homme, trancha Benedicto d'un ton méprisant. Il t'a arrachée à ta famille pour te faire vivre avec moins que n'en possèdent mes domestiques.

— Des millions de gens sur terre vivent plus mal encore.

— Mais ils ne sont pas de ma famille.

C'était bien là une réaction de noblesse espagnole, songea Rosalia. Jamais il n'avait accepté qu'elle devienne une Kennedy.

— Je reviendrai vivre ici. Je ferai de mon mieux pour m'insérer dans votre monde mais je ne me remarierai jamais.

Il la toisa et, comme souvent, elle se demanda comment les serfs de ses ancêtres supportaient un tel mépris de la part de leur seigneur.

— Tu n'es pas en mesure de dicter tes conditions,

Rosalia. Ta compagnie d'assurance refuse de régler les frais d'hospitalisation de Kaylee et le reste de ta famille est bien incapable de t'aider financièrement.

— En es-tu certain ?

Elle avait tu à sa mère le refus de la compagnie d'assurance, espérant cacher à son grand-père qu'il était son seul recours.

— Absolument. Quelques coups de fil après que ta mère m'a mis au courant de l'état de Kaylee m'ont suffi à connaître le détail de ta situation. Financièrement, elle est critique, pour ne pas dire désespérée.

— Je n'en suis quand même pas à vivre dans ma voiture…

— Non, mais la minuscule bicoque que tu habites ne t'appartient pas.

— Ce n'est pas une bicoque ! se rebiffa Rosalia. C'est notre maison… Mais la question n'est pas là.

— Effectivement. La question est celle-ci : qu'es-tu prête à céder pour garantir un avenir à ta fille ?

Elle se sentit pâlir devant sa froide cruauté.

— Es-tu en train de me dire qu'en ce qui te concerne, tu t'en laves les mains ?

— Vous comptez toutes les deux énormément pour moi, mais je refuse de payer l'opération de ta fille si c'est pour te voir détruire vos deux vies à cause de ta fierté stupide et de ton entêtement.

— Parce que tu crois qu'un remariage nous sauverait ?

— J'en suis persuadé.

— Je ne fréquente personne. Où trouverais-je un mari ?

— Rassure-toi, je ne pensais pas m'en remettre à toi pour le choix de ton futur époux, rétorqua son grand-père avec un sérieux inébranlable. Un désastre nous a suffi… J'ai préféré choisir à ta place.

— Tu as… choisi mon futur mari ? hoqueta Rosalia. Tu ne parles pas sérieusement ?

Le visage austère de Benedicto confirmait pourtant le contraire.

— Si, bien sûr.

— Ce n'est pas possible. Même toi, tu ne peux croire aux vertus des mariages arrangés !

Benedicto secoua la tête devant ce qu'il considérait comme de l'obstination.

— Mais si, *niña*. Dans certains cas, c'est même la seule solution.

— Et pour moi, tu n'en entrevoies pas d'autre… Tu me crois donc incapable de m'en sortir par mes propres moyens ?

— Ce n'est pas moi qui ai besoin d'argent…

— Comment peut-on utiliser la vie d'une enfant pour contraindre sa mère ? explosa Rosalia, ravalant à grand-peine la bile qui lui inondait la gorge. Je te savais aussi dur que le roc, mais je ne te croyais pas dépourvu de conscience !

Benedicto baissa brièvement la tête. Pour une fois, le fardeau de ses soixante-huit années semblait lui peser.

— Tu ne m'as jamais vraiment compris, *niña*, et je crois que tu me connais mal. Il est sans doute un peu tard pour y remédier. Je te demande de t'en persuader : si tu n'en passes pas par mes conditions, tu ne recevras pas la somme que tu demandes.

— S'il te plaît, grand-père, plaida Rosalia d'une voix blanche, ne fais pas cela.

Le visage du vieil homme se figea.

— Je n'ai pas le choix.

— Je t'assure que si…

— Crois-moi si je te dis que non, lâcha Benedicto d'un ton las, toute morgue évanouie.

Qu'il ait laissé paraître une faille convainquit Rosalia mieux que tous les discours : il faudrait qu'elle en passe par ses volontés.

— Et qui as-tu choisi pour ce rôle ? Qui aura l'extrême privilège d'épouser la petite-fille du grand Benedicto Chavez-Torres ?

Il ne releva pas l'amère ironie de Rosalia. Son instant de faiblesse était passé et il avait repris toute sa morgue.

— Damian Marquez.

Rosalia le savait ici pour affaires. Jamais, au grand jamais, elle n'aurait imaginé être l'objet de leurs transactions ! Elle avala péniblement sa salive.

— Et… tu penses qu'il sera d'accord ?

— Nous avons déjà discuté les termes du contrat.

— Je n'y crois pas, affirma-t-elle avec l'énergie du désespoir.

— Tu as tort. Ton mariage est le point final d'une fusion qui nous profitera à tous deux, quoique, pour être honnête, j'en retire plus de bénéfice que lui.

Rosalia avait peine à y croire. Benedicto voyait donc son mariage comme la simple conclusion d'un contrat ? Au vingt et unième siècle, ce genre de choses ne devrait plus avoir cours depuis longtemps ! Bien sûr que si, se désola sa voix intérieure, pas dans le milieu social qui était devenu le sien depuis son mariage, mais dans le milieu de son grand-père… Les traditions de la noblesse espagnole remontaient au Moyen Age et personne, dans l'entourage de Benedicto, ne jugerait anormal un tel arrangement.

— Tu vis coupé du monde réel, murmura Rosalia. Ton esprit est malade.

— J'ai beaucoup d'admiration pour Damian, se contenta de répondre son grand-père en haussant lcs épaules. Il pourrait être mon fils. Notre alliancc est une excellente affaire.

— Depuis quand t'allies-tu en dehors de ton milieu ? répliqua-t-elle d'un ton mordant.

— Ta remarque est stupide et de plus, erronée. Son père était noble même si sa mère n'était que sa maîtresse. Aucune des deux familles n'a voulu le reconnaître, tant pis pour eux. Damian fait preuve d'une grande intelligence, il peut se montrer impitoyable si nécessaire, mais c'est un homme qui sait mener sa barque et faire des profits.

Damian n'était-il pas le portrait craché du vieil homme, songea amèrement Rosalia ? Surtout en ce qui concernait l'absence de pitié…

— Rosalia, reprit son grand-père, la somme qu'il te faut est considérable et je suis dans une mauvaise passe. Ce que je pourrais te donner fragiliserait ma position, sans pour autant te suffire. Damian pourvoira à tous tes besoins. Cette union servira aussi à le dédommager. Cela fait déjà quelques années qu'il m'aide financièrement et à présent, c'est toi qui vas bénéficier de ses largesses. Ce n'est pas trop demander que de lui accorder ta main, ce me semble.

— Tu considères ce mariage comme une contrepartie, et à peine suffisante de plus ? demanda-t-elle en frissonnant d'horreur.

Son grand-père continua sans paraître remarquer sa réaction.

— Je l'ai invité une semaine pour qu'il puisse te rencontrer avant de me donner sa réponse. Il semble t'apprécier, l'idée de ce mariage lui convient et j'en suis heureux.

— Tu veux dire qu'il est venu évaluer la marchandise ? lança Rosalia, consciente de la vulgarité du sous-entendu.

— Ne parle pas de toi en ces termes, rétorqua durement le vieil homme. C'est au-dessous de ta condition.

La sèche désapprobation de son grand-père l'effleura à peine. Elle défaillait sous le choc, un sentiment curieux, proche du chagrin l'envahissait.

Elle avait apprécié Damian, sincèrement, naïvement ! Comment avait-elle pu se laisser pendre au piège ? Dans le monde de Damian et de Benedicto, aucun homme n'aurait investi une telle attention sur elle et sa fille sans raison valable. Les heures que Damian avait passées en sa compagnie n'étaient pas du temps perdu, elles représentaient la préparation obligatoire à toute transaction.

Pourtant, l'homme qu'elle avait appris à connaître ces derniers jours lui semblait incapable d'un chantage au mariage… Il fallait donc en conclure qu'il voyait les choses sous un autre angle, à la manière de son grand-père : cette union devait lui sembler un bon retour sur investissement. Si elle avait cru Damian fait d'une autre étoffe, il ne lui restait qu'à conclure qu'elle se montrait piètre juge.

— Il t'aurait donné l'argent sans contrepartie si tu le lui avais demandé, tenta-t-elle sans y croire.

Son grand-père secoua la tête, écrasant le faible espoir qu'elle s'était autorisée.

— Jamais je ne me serais abaissé à pareille requête. D'ailleurs, Damian est un homme d'affaires avisé, il ne donne rien pour rien. A part ta main, qu'aurais-tu à lui offrir ?

— A t'entendre, j'ai l'impression d'être une prostituée.

— Une prostituée serait devenue sa maîtresse.

Si son grand-père avait su… Elle était encore moins qualifiée pour ce rôle que pour celui d'épouse !

— Tu ne vends pas ton corps, reprit son grand-père devant le silence atterré de Rosalia. Tu acceptes de partager sa vie en échange de celle de ta fille. Je ne parle pas que de la santé de Kaylee, mais aussi de son avenir… Donc, tu vas l'épouser, Rosalia, je le veux. Tu dois accepter.

— Ce que je n'accepte pas, c'est que tu utilises la santé de Kaylee comme moyen de pression.

— Je veux d'autres petits-enfants.

Bien sûr… Comment n'y avait-elle pas songé plus tôt ? Il n'y avait pas que les affaires en jeu, il s'agissait de continuer la grande lignée des Chavez-Torres !

— Tu attends que je te donne un petit-fils avec Damian, murmura-t-elle d'une voix faible qui n'avait aucune chance d'émouvoir son grand-père.

— Damian veut des enfants. Seul Dieu peut dire s'il y aura un garçon parmi eux.

— Mais tu es prêt à prendre le risque pour sauvegarder tes chances d'avoir un héritier…

Le vieil homme eut l'audace de hausser les épaules.

— Ta mère n'a eu que toi, et toi, tu n'as eu qu'une

fille, américaine de surcroît. C'est peu pour assurer une lignée. D'ailleurs, de la façon dont tu élèves Kaylee, elle n'accepterait pas les responsabilités liées à notre titre.

Qu'il ait eu raison sur ce point ne faisait aucune différence…

Rosalia tituba, assommée par l'issue de leur entrevue. Son grand-père l'ignorait, mais il venait de lui demander la seule chose qu'elle était incapable de donner, l'aurait-elle souhaité de tout son cœur.

3.

— Je ne veux pas me remarier. Jamais. Je ne le peux pas.

— Tu dis des sottises.

L'incompréhension de son grand-père l'atterra.

— Tu es jeune, poursuivit-il, et fertile.

— As-tu enquêté aussi sur cet aspect des choses ? s'enquit-elle d'un ton méprisant.

— Je n'en ai pas eu besoin. Kaylee en est la preuve. Elle est née un an à peine après que tu as épousé Tobias Kennedy. J'approuve ton choix de ne pas avoir voulu d'autre enfant tout de suite, mais à présent, le temps a passé et tu peux être enceinte de nouveau en toute tranquillité.

— Est-ce que tu t'entends parler, grand-père ? Tu n'es pas Dieu ! Tu ne peux décider qui va naître ou non !

— Je ne suis qu'un homme, mais j'ai entre les mains ce que tu désires plus que ta liberté, ce me semble. Tu as tout ce qu'il faut pour faire une bonne épouse et tu vas en être une.

— Damian ne peut pas en être sûr au bout d'un délai si court. Pourquoi est-il prêt à courir un tel risque ?

— Pour le titre, pour avoir ses entrées dans la société qui l'a rejeté, pour obtenir la légitimité qu'on lui a refusée.

— Je n'aurais pas pensé que cela puisse avoir de l'importance pour un homme tel que lui.

— Il a une revanche à prendre. Sa fierté l'exige.

— Pourquoi aurait-il besoin d'un vieil homme pour jouer les entremetteurs ? Il pourrait trouver une épouse par lui-même !

— Grâce à moi, il obtient plus qu'une épouse… Je peux lui céder un de mes titres mineurs et son aîné héritera d'un nom, d'une terre et de mes titres… C'est-à-dire de tout ce dont on l'a spolié. De plus, ajouta le vieil homme, il te trouve plaisante.

Quand il vit sur le visage de sa petite-fille passer une expression d'incrédulité méprisante, il reprit sèchement :

— N'oublie pas que tu es une Chavez-Torres. Je t'interdis de l'épouser pour divorcer dans un an et empocher une pension extravagante.

— Je ne vois pas ce qui m'en empêcherait…

— Ta parole.

— Tu attends de moi que je m'engage à rester son épouse toute ma vie ?

— Oui.

— C'est hors de question ! Il pourrait se conduire abominablement et je serais obligée de tout accepter ! lança Rosalia avec véhémence, agençant rapidement le plan qui se dessinait dans son esprit. Je ne peux m'engager qu'à une chose : rester sa femme tant qu'il respectera notre mariage.

— Soit tranquille, il le respectera.

— Je veux que cela soit porté par écrit et il doit être clair que je serai déliée de tout serment s'il me maltraite ou s'il se conduit mal envers Kaylee.

— Accordé, fit son grand-père avec une expression satisfaite. En contrepartie, tu dois me promettre de ne rien faire pour saper les bases de votre union.

Encore une promesse ? Combien allait-il lui faire payer la vie de sa fille ?

— Explique-toi.

— Tu ne provoqueras pas Damian et tu ne jetteras pas le déshonneur sur son nom dans le but de hâter la fin de votre mariage.

Soulagée, Rosalia sourit.

— Promis.

Pareils stratagèmes seraient bien inutiles ! Dès que

Damian aurait découvert qu'elle était incapable d'être une véritable épouse, ce serait lui qui précipiterait la fin de leur union ! Tobias l'avait aimée, lui, mais ses sentiments, pour sincères qu'ils fussent, n'avaient pas survécu à l'absence d'intimité physique.

— Je veux que l'argent soit transféré sur mon compte le jour de mon mariage, continua-t-elle d'un ton déterminé. Avant la fin de la réception.

— Si tu veux. Néanmoins, tu réalises qu'en épousant Damian, tu auras accès à plus qu'il n'en faut pour soigner ta fille…

— Ce n'est pas ainsi que j'ai compris notre marché. Je veux la somme promise et je me moque de savoir qui la paie. Elle doit se trouver mon compte le jour de la cérémonie.

— Très bien.

Il ne leur fallut que quelques minutes pour régler les questions de détail.

Damian prit une gorgée de cocktail. En compagnie de Benedicto, il attendait Rosalia.

— Vous savez, j'étais plutôt sceptique quand vous avez suggéré cet arrangement, Benedicto.

— Je m'en étais rendu compte.

— Mais votre petite-fille est tout ce que vous en aviez dit, et même plus. Charmante, jolie…

Passionnée, aussi, mais c'était une caractéristique que le vieil homme avait omise quand il avait brossé le tableau de ses qualités. Damian devait donc se renseigner par lui-même et le test s'était avéré très agréable. Depuis, il attendait sa nuit de noces avec impatience et fébrilité, sentiments qu'il n'avait plus éprouvés depuis longtemps.

— J'ai pu voir qu'elle était bonne mère aussi.

Comme la sienne l'avait été, prête à tout pour son enfant. Benedicto lui avait expliqué que Rosalia acceptait de s'unir à lui dans le but d'assurer l'avenir de Kaylee.

Damian n'y voyait rien à redire.

— Elle aime sincèrement sa fille, acquiesçait Benedicto, et elle fera une excellente mère pour les enfants qu'elle vous donnera.

— Vos arrière-petits-enfants.

— *Si*, fit le vieil homme dont le regard s'attendrit fugitivement. Kaylee est un amour, mais je veux laisser un héritage derrière moi et une fille unique, c'est trop peu pour transmettre le sang de mes ancêtres.

Damian ne sourit pas des prétentions de son mentor. N'avait-il pas les mêmes ? Il avait travaillé dur pour bâtir un empire à partir de rien. Lors de son trentième anniversaire, il s'était aperçu qu'il n'avait personne autour de lui pour apprécier l'immensité de ses efforts, ni d'enfant à qui léguer un héritage.

Lorsque Benedicto avait suggéré cette union, elle était apparue à Damian comme la solution à tous ses problèmes.

Cela ne le gênait pas que Rosalia l'épouse pour la sécurité qu'il lui apporterait. Il envisageait cela comme un échange honnête, un marché cartes sur table. Personne ne feindrait de prétendus sentiments dissimulant une féroce ambition ou l'amour de l'argent. Une fois déjà, il avait été pris dans ce piège et Benedicto s'était trouvé à ses côtés, et non seulement lui avait ouvert les yeux mais l'avait soutenu.

Epouser la petite-fille de son vieil ami lui paraissait juste, sans qu'il en comprenne exactement la raison. C'était sûrement lié au fait qu'il allait enfin goûter aux joies d'une famille, mais il n'aimait pas s'étendre sur ces considérations psychologiques.

Le notaire arriva avec son assistant, coupant court à toute conversation d'ordre privé.

— Je vois que tout le monde est arrivé avant moi, fit la douce voix de Rosalia sur le seuil.

Damian sourit.

— Une femme a comme prérogative de ne jamais être en retard.

Elle eut un demi-sourire et prit la chaise vide à côté de Damian.

— Peut-être… Néanmoins, je suis désolée de vous avoir fait attendre.

— Ce n'est rien, fit Benedicto alors que Damian étudiait le visage de celle qui allait devenir sa femme.

Il lui apparut que toute chaleur avait disparu de ses yeux, contrairement lors de leurs entrevues précédentes… Le ton qu'elle venait d'utiliser était presque cassant.

— Rosalia, commença-t-il, êtes-vous certaine de vouloir signer ce contrat ?

Les yeux dorés de Rosalia s'agrandirent et Damian y lut une vulnérabilité qui le bouleversa.

Cela ne dura que l'espace d'une seconde. Déjà, elle retrouvait son sourire, et un regard assuré.

— Bien sûr.

— Ne vous inquiétez pas, Damian, intervint Benedicto. Ma petite-fille ne m'aurait pas donné sa parole si elle comptait nous faire défaut.

— Peut-être a-t-elle changé d'avis…

Il voulait être certain de son accord. Soit elle acceptait la transaction, soit elle la refusait, rien n'était possible entre ces deux options. Il voulait une épouse, pas une prisonnière.

Rosalia reprit la parole, une expression ferme peinte sur ses traits.

— Je n'ai pas changé d'avis. Et vous, Damian, je suppose que vous voulez toujours réaliser cette fusion d'intérêts ? demanda-t-elle, se tournant vers son futur époux.

— Un mariage est une affaire bien plus personnelle qu'une fusion…

— Exact.

Le ton voilé de Rosalia eut un effet immédiat sur sa libido et ses défenses habituelles tombèrent d'un coup, le laissant nu devant l'intensité de ce qu'il éprouvait. L'envie brutale, totale et crue qu'il avait d'elle devrait encore attendre quatre semaines pour être satisfaite…

Le notaire s'éclaircit la gorge et plaça une liasse de documents sur le bureau.

— Madame Kennedy, voici les papiers qu'il vous faudra signer.

Elle ne fit pas un geste en direction de la liasse.

— J'avais l'impression de ne pas être la seule à devoir m'engager ce matin.

— Vous avez parfaitement raison. Votre grand-père va signer aussi, ainsi que le *Señor* Marquez. Mais le *Conde* a préféré que vous signiez en premier.

— Je vois. Les dames d'abord…, ironisa-t-elle froidement.

Rosalia se saisit des papiers. Les arrangements concernant la cession des titres de Kaylee ne retinrent pas longtemps son attention, pas plus que son propre contrat de mariage. Elle détailla plus attentivement les conditions mises à la rupture éventuelle de leur union. Le dernier document mentionnait la somme que Damian devait lui consentir le jour même de leur mariage. Elle lut celui-ci de bout en bout.

— Je veux que vous soyez le premier à signer ce dernier document, fit-elle enfin, reposant les papiers devant elle.

Damian fronça les sourcils, offensé par son manque de confiance.

— Je me suis engagé à signer, je le ferai.

— Dans ce cas, cela ne devrait pas vous déranger de commencer.

— Ce qui me gêne, c'est que vous n'ayez pas confiance en ma parole.

Elle se mordit la lèvre, se carrant dans son fauteuil.

— Est-ce que cela vous dérange profondément ou est-ce juste une offense à votre fierté masculine ?

Il ne put retenir un sourire.

— Vous ne me semblez pas faire grand cas de la fierté masculine…

— Effectivement pas.

Damian secoua la tête. La vie avec Rosalia ne serait peut-être pas le long fleuve tranquille qu'il avait escompté, mais à tout prendre, il préférait cela. Les surprises avaient toujours échauffé son sang et visiblement, elle en avait en réserve.

— Votre réponse a le mérite de la clarté. Très bien, je signerai en premier.

Il s'exécuta sans même lire ce qu'il avait si longuement discuté les jours précédents. Rosalia apposa sa signature à côté de la sienne, puis ce fut au tour de Benedicto.

— Messieurs, je vous laisse à vos affaires, fit-elle en se levant quand tout fut terminé. Je dois faire mes bagages.

— Pour aller où ? Tu ne retournes quand même pas au Nouveau-Mexique ? intervint son grand-père.

— J'y suis bien obligée. Tout ce que je possède s'y trouve, objecta Rosalia.

— Nous nous arrangerons pour faire expédier tes affaires ici. Ta mère a besoin de toi pour les préparatifs du mariage !

— Eh bien, tu es là pour ça, non ? répliqua Rosalia d'un ton sans concession. Cela m'étonnerait que tu n'aies pas tout prévu dans les moindres détails.

Elle se dirigea vivement vers la porte et ne se retourna qu'une fois sur le seuil. Son visage était un masque indéchiffrable.

— Je serai de retour à temps pour le mariage, reprit-elle en s'adressant à Damian. Si vous avez besoin de me parler, grand-père sait où me joindre.

— Rosalia ! lança Benedicto, tout ceci est absolument ridic…

Il s'interrompit : elle était déjà partie.

— Votre petite-fille m'a l'air d'une femme indépendante, non ?

— *Si*, dit Benedicto en soupirant. Trop pour mon goût.

— Elle n'a pas vraiment l'intention de vous abandonner les préparatifs du mariage ?

— J'ai bien peur que si.

— Eh bien, elle se moque peut-être du résultat mais

pas moi. Je vous demanderai de me soumettre votre projet pour accord.

Benedicto se mit à rire.

— Cela, je m'y attendais. Vous aimez garder le contrôle, n'est-ce pas ? Vous êtes un homme dans mon genre, Damian.

Il l'était sans doute. Mais dans ses futurs rapports avec Rosalia, cela ne serait peut-être pas un atout…

Rosalia porta aux lèvres sa coupe de champagne, étourdie par le tourbillon de la réception. Elle croisait des visages, des regards inconnus… C'était fait : elle venait de se remarier.

Elle connaissait parfaitement les raisons d'un tel acte, mais avait encore du mal à l'accepter.

A présent, on l'appellerait Rosalia Marquez, pas pour longtemps, heureusement… La main de Damian sur sa taille la brûlait comme un tison et cette marque de possession éveillait en elle des sentiments incongrus.

Damian ressemblait à son grand-père, pour eux la fin justifiait les moyens, fût-ce le chantage. Cette constatation aurait dû lui épargner tout regret. Ce n'était pas le cas. Damian paraissait si satisfait de leur mariage qu'elle se sentait presque coupable à l'idée du plan qu'elle avait échafaudé.

Dès qu'il aurait compris ce qu'allait être son mariage, il ne souhaiterait qu'une chose : le divorce.

Et cela nuirait à sa réputation. Elle se souciait comme d'une guigne de l'avis des centaines d'invités qui s'étaient déplacés pour leur réception de mariage, mais il n'en allait pas de même dans l'esprit de son époux…

Il ne l'avait pas quittée depuis la cérémonie et des dizaines de personnes avaient plaisanté sur son air ravi de jeune marié. Mais Rosalia savait que si Damian la couvait du regard, cela n'avait rien à voir avec un quelconque ravissement : il surveillait sa nouvelle acquisition… Y avait-il de quoi culpabiliser alors qu'il la considérait comme une marchandise ?

Elle n'était cependant pas de sa trempe et cette comédie lui était très pénible. Si la santé de Kaylee n'avait pas été en jeu, elle n'aurait jamais eu l'audace de concevoir un tel projet.

Ç'aurait été tellement plus simple si Damian s'était conduit comme prévu ! Mais visiblement, le jour de leur mariage signifiait bien plus pour lui qu'une chance de nouer de nouveaux contacts d'affaires. Contrairement aux désirs de Benedicto, il avait insisté pour que Kaylee assiste à la soirée. La petite fille adorait Damian et, au grand dam de Rosalia, le voyait déjà comme un nouveau père.

Rosalia avait tenté de l'éloigner de lui. Un retour aux Etats-Unis devait distendre le lien que sa fille forgeait avec son futur époux et c'était la raison de son insistance à retourner au Nouveau-Mexique avant le mariage. En fait, la manœuvre avait échoué. Kaylee l'appelait déjà papa et, chaque fois, le cœur de Rosalia se serrait. Bientôt, Kaylee devrait s'habituer à son absence… comme elle avait déjà dû le faire après le décès de son père.

Pouvait-elle causer pareil chagrin à sa fille ? Si Kaylee avait été seule en cause, Rosalia aurait rayé de son esprit tout projet de divorce. Du moment que sa fille était heureuse…

Mais le choix ne lui appartenait pas. Quand il saurait la vérité, Damian se montrerait tout aussi impitoyable qu'il l'avait été en acceptant une union sur la base d'un chantage. Et Kaylee souffrirait…

Mais on n'en était pas encore là et, pour l'instant, la petite fille nageait dans le bonheur. Rosalia était heureuse de l'avoir près d'elle pour la réception. Depuis que l'enfant avait cette cavité dans le cœur, sa mère ne supportait plus qu'elle s'éloigne un instant.

Elle la chercha du regard. A quelques mètres de là, Kaylee jouait avec d'autres enfants de son âge et Rosalia sourit, heureuse de la voir s'amuser. Le bonheur de sa fille était son principal souci et elle remerciait souvent Dieu, qui, s'il lui avait refusé l'intimité dans le mariage, lui avait au moins accordé d'être mère.

— *Señora* Marquez ?

Rosalia détourna les yeux de sa fille. Le comptable de son grand-père, récemment devenu celui de Damian, venait vers elle. En temps normal, il n'aurait pas été invité à un événement d'ordre privé, mais en l'occurrence, il avait un rôle à y jouer.

— Les fonds viennent d'arriver sur votre compte, la prévint-il à mi-voix. Si vous le souhaitez, vous pouvez venir vérifier.

Elle hocha la tête et posa sa coupe sur un guéridon, s'écartant de Damian.

Soudain, elle sentit son poignet encerclé par une main de fer.

— Où vas-tu ?

— Vérifier le transfert des fonds.

La bouche de Damian se crispa.

— Faut-il que ce soit fait maintenant ?

Consciente des regards curieux qui se portaient sur eux, Rosalia répondit d'un bref signe de tête. Mais elle ne céda pas.

— Je n'en aurai pas pour longtemps, se contenta-t-elle de préciser.

— Comme tu voudras. Nous partirons dès que ce sera fait.

— Parfait, approuva Rosalia, pressée d'en finir.

Plus tôt il apprendrait la vérité, mieux cela vaudrait. Le secret commençait à lui peser.

— Je préviens ta mère.

Maria-Amelia devait s'occuper de Kaylee pendant leur lune de miel. Rosalia n'avait formulé aucune objection sur la durée de celle-ci, prévue pour une quinzaine de jours, car elle savait qu'au bout d'une seule nuit, Damian en aurait fini avec elle.

— Merci. Je reviens dans un instant.

Quand Rosalia vit s'afficher la page de ses comptes, la crainte qui la tenaillait depuis la maladie de sa fille régressa enfin. La somme qu'elle lisait suffirait à payer tous les frais d'hospitalisation, mais aussi à compenser six mois de son salaire : elle pourrait donc rester aux côtés de sa fille tout le temps de sa convalescence. Des larmes de soulagement lui montèrent aux yeux et elle dut se mordre la lèvre pour ravaler un sanglot.

Son enfant, sa petite chérie était sauvée…

Peu importait ce qu'il adviendrait de l'union qu'elle venait de contracter, sa fille allait retrouver tous ses droits à la vie.

Le comptable s'était retiré discrètement et soudain, elle sentit une présence auprès d'elle.

— Ta mère vient de prendre Kaylee en charge, tu peux être rassurée.

Damian.

Il allait la voir larmoyer comme une idiote ! Hâtivement, elle essuya ses joues.

Il lui tendit la main, l'expression de son visage était indéchiffrable, mais ses yeux luisaient comme deux charbons ardents.

— Il est l'heure de partir.

La longue limousine était sortie d'Alicante lorsqu'il lui adressa de nouveau la parole.

— Nous devrions être à la villa en une heure.

Ils filaient vers le nord et Rosalia se demanda où se trouvait la résidence où la conduisait Damian.

— Il s'agit de ta maison ?

Il sourit.

— Oui, et elle tient une place spéciale dans mon cœur. Bientôt, il y aura une autre raison à cela…

— Que signifie-t-elle pour toi ?

Elle lut dans les yeux de Damian de l'amusement devant sa tentative d'échappatoire.

— C'est la première propriété que mes gains m'ont permis d'acheter.

— Je croyais que tu vivais surtout à New York.

— C'est vrai, mais j'essaie de revenir en Espagne deux ou trois fois par an. Après tout, c'est ici que je suis né… Un couple de gardiens s'occupe de la maison en mon absence. Mais ne t'inquiète pas, ajouta-t-il avec un sourire séducteur, ils sauront se montrer discrets et la maison est grande…

Damian ne la quittait pas des yeux, électrisant toute la surface de sa peau.

Elle inspira profondément, tâchant de calmer son pouls qui s'emballait. Peine perdue. La beauté sculpturale de cet homme lui coupait le souffle et son allusion transparente aux plaisirs qu'il se promettait achevait de la déstabiliser.

Le regard d'acajou sombre de Damian vint chercher le sien, le gardant prisonnier.

— Tu es une des plus belles femmes que je connaisse, Rosalia, reprit-il d'un ton plus rauque, l'une des plus désirables… Et à présent tu es mienne.

Elle n'eut pas le temps de tenter de s'échapper et se retrouva dans ses bras sans avoir compris ce qui lui arrivait. Il lui prit le menton et Rosalia, en un éclair, se revit avec lui sur la terrasse un mois plus tôt. Ils avaient partagé des instants d'une intensité incroyable… De nouveau, elle se trouva paralysée par des sensations qu'elle n'avait jamais ressenties et ne comprenait pas.

Une fois encore, elle se trouva incapable de protester. Ses lèvres parvinrent tout juste à former un soupir :

— Damian…

— Cela fait vingt-neuf nuits que je rêve de ce moment, murmura-t-il. Je me réveille avec le goût de tes lèvres sur la bouche et même si j'ai parfaitement compris ton exigence d'attendre le mariage, le sacrifice m'a coûté. Je ne tiens pas à le faire durer une seconde de plus que nécessaire, Rosalia.

Il prit ses lèvres avec passion et elle céda à son baiser comme à un vertige, comme si le sol se dérobait sous elle. Il n'y avait rien qui pût freiner sa chute. Elle se trouvait précipitée dans un gouffre dont elle n'entrevoyait pas le fond. Ses pensées s'évanouirent dans un tourbillon de sensations colorées alors que ses lèvres apprenaient celles de Damian, leur douceur tiède, leur fermeté.

Damian goûta sur celles de Rosalia l'élan passionné qui la jetait vers lui, comme si elle aussi n'avait attendu que cet instant... Il eut le plus grand mal à se retenir de la déshabiller et de la prendre séance tenante. Mais il voulait que leur nuit de noces soit parfaite, qu'elle en garde un souvenir ébloui, la hâte n'était donc pas de mise.

Elle semblait faite pour lui, ses seins accordaient parfaitement leur plénitude à ses mains. Chaque fois qu'elle ondulait entre ses bras, elle effleurait son sexe et ne paraissait pas s'en rendre compte, tant elle s'abandonnait au plaisir. Damian trouvait cela très excitant. Plus qu'il ne l'aurait cru... Celle qui était devenue son épouse serait sienne dans tous les sens du terme.

Sa femme. Sa compagne. Ils formeraient une famille.

Sous la soie de la veste que portait Rosalia, le contact de ses seins était doux, il les taquina du pouce puis sa caresse redescendit vers le creux de ses hanches. C'était l'un des nombreux recoins de son corps qu'il appartiendrait à son amant seul de toucher. Sa hanche, l'intérieur de ses cuisses, le pli de son genou, la chair tendre sous ses seins... Tous ces lieux secrets, il venait d'en obtenir le privilège et nul autre que lui ne les effleurerait plus.

Il en prit possession avec des caresses dont il connaissait l'efficacité, suscitant son désir graduellement, délibérément, jusqu'à qu'elle ne soit plus dans ses bras qu'un volcan.

Lui-même n'était pas resté insensible à cette exploration et son désir était si fort qu'il en devenait presque douloureux.

Il s'arracha aux lèvres de Rosalia qui protesta en gémissant, ce qui eut pour effet d'augmenter son excitation.

— Doucement, *querida*. Tu auras ce que tu désires mais tout d'abord, je dois te goûter…

Rosalia le dévisagea, les joues cramoisies, ses yeux d'ambre devenus liquides sous l'effet du désir.

— Me… me goûter ?

Croyait-elle qu'il comptait chercher du bout de la langue son goût secret, ici même, à l'arrière de la limousine ?

Ce n'était pas ce qu'il avait prévu, mais l'idée avait de quoi séduire…

— Ta peau, *querida*, précisa-t-il en posant ses lèvres à la base de son cou, léchant le triangle de chair avant d'appliquer la même caresse au creux de son poignet.

Le sang bourdonnait aux tempes de Rosalia et elle renversa la tête en arrière avec un sanglot étranglé, comme si elle ne pouvait supporter cette excitation plus longtemps.

— Tu es douce, sucrée avec une pointe de sel, *mi mujer*, murmura Damian à son oreille.

— Oh, Damian, je t'en prie…

Sans l'écouter, Damian colla sa bouche contre sa paume pendant qu'il faisait glisser sa veste de soie. Elle le laissa faire sans s'offusquer et la confiance qu'elle lui témoignait l'enfiévra.

Il prit un de ses pouces entre ses lèvres, le suçota, le mordilla pendant qu'il détachait les boutons de son chemisier. Puis ce fut au tour de chaque autre doigt, accompagné chaque fois d'un bouton de plus. Quand les pans de son chemisier s'écartèrent, Damian fut ébloui par la perfection de sa peau. Le soutien-gorge de Rosalia fermait sur le devant et, d'un simple geste, il en fit sauter l'attache. Fermes et généreux, leurs mamelons pointés vers le haut, ses seins apparurent au regard avide de Damian.

— *Exquisito*, murmura-t-il devant une telle splendeur.

Il se pencha pour goûter la douce vallée qui séparait ses seins, sachant que le contact de ses cheveux drus sur sa peau nue exciterait Rosalia, alors même qu'il évitait de solliciter les tendres pointes, pour prolonger l'attente jusqu'au point de non-retour.

Il ne s'était pas trompé. Rosalia se saisit de sa tête à deux mains, totalement abandonnée.

— Damian, tu me rends folle…

C'était bien ce qu'il cherchait et cet aveu l'excita encore plus. Il lui fallut faire appel à toute sa volonté pour parvenir à se contrôler.

Il remonta vers ses lèvres qui exhalèrent un soupir de plaisir alors qu'il s'emparait de sa bouche. Elle se raidit un bref instant puis, pressant sa poitrine nue contre son torse, savoura son baiser.

Damian n'avait pas cessé de jouer avec ses seins, et Rosalia ondulait contre lui en une quête et un mouvement avides.

4.

Il n'avait jamais fait l'amour à une vierge, mais ne pouvait imaginer situation plus semblable. Rosalia avait été mariée trois ans, pourtant, chaque nouvelle caresse semblait pour elle une révélation. Leur baiser la faisait gémir autant qu'un assaut en bonne et due forme et elle s'agitait contre lui, visiblement inconsciente des réactions que ses frôlements déclenchaient.

Rosalia était-elle innocente au point d'ignorer ce qu'elle recherchait ? Cela paraissait incroyable, mais il savait qu'il ne se trompait pas. Il descella de nouveau leurs bouches pour capturer le bout rosé de son sein qu'il se mit à sucer. Rosalia cria, de plaisir mais aussi d'étonnement, et son cri résonna comme une supplique. Elle voulait donc qu'il aille plus loin ? Il ne se fit pas prier et elle exhala son nom dans un râle de plaisir. Sans qu'elle s'en rende compte, ses hanches se projetaient vers lui, répétant un geste d'invite immémorial.

En réaction, Damian glissa la main entre ses cuisses et la posa sur son mont de Vénus avec une avidité si primitive qu'il en resta interdit : cette femme déclenchait en lui des instincts qu'il ignorait…

Ce fut alors, à sa grande surprise, que Rosalia poussa un long gémissement. Des tremblements convulsifs secouèrent son corps : elle était en train de jouir sous sa main… Doucement, il la caressa à travers la soie de ses sous-vêtements et il ne fallut qu'une seconde pour qu'elle explose encore avec une force qui le sidéra.

Il aurait consommé leur mariage sur-le-champ si elle ne s'était pas mise à frissonner, sanglotant à fendre l'âme. Sa réaction le prit tellement au dépourvu qu'il se figea.

— Oh, Damian, psalmodiait-elle, recroquevillée sur elle-même en un geste de défense qui ne trompait pas.

Les larmes ruisselaient sur son visage.

— Chut, *querida*, il ne faut pas pleurer, tout va bien…

Mais elle continuait, éperdue, visiblement incapable de gérer ce qu'elle venait de vivre.

Damian lui murmurait des mots doux, désespérant de la calmer. Peut-être s'y prenait-il mal ? Il n'avait pas l'habitude qu'une femme sanglote entre ses bras et cela le déconcertait profondément. Résultat qu'aucun conseil d'administration, aussi hostile soit-il, n'avait jamais réussi à obtenir…

Les tendres chuchotements de Damian finirent par pénétrer le maelstrom émotionnel qui secouait Rosalia. Ses torrents de larmes s'apaisèrent et, après quelques hoquets, elle se saisit du mouchoir que lui tendait Damian pour s'en essuyer les joues.

Elle n'osait lever les yeux vers lui, bouleversée par ce qui venait de se produire et qu'elle ne comprenait pas. Quelle incroyable aventure ! Elle se souvenait simplement d'avoir voulu repousser Damian, mais brutalement, son corps avait pris les commandes, l'embarquant sur les crêtes d'une passion qu'elle jugeait, avec le recul, terrifiante.

Le silence commençait à peser lorsque Damian lui prit le menton et l'obligea à le regarder.

Ses beaux yeux sombres exprimaient un profond souci.

— Tout va bien, *mi esposa bonita* ?

Sa belle épouse ? De nouvelles larmes emplirent les yeux de Rosalia et elle s'étrangla sur un acquiescement impossible à prononcer. Comment prétendre que tout allait bien alors qu'elle ne pourrait jamais être sa femme au sens plein du terme ?

— Tu dois me dire ce qui ne va pas, exigea tendrement Damian. Es-tu choquée que je t'aie caressée aussi librement ? J'ai occulté la vitre qui nous sépare du chauffeur, personne ne peut voir ce qui se passe à l'arrière. Nous sommes en toute intimité.

L'intimité, c'était justement ce qu'elle venait de découvrir dans ses bras… Jamais elle n'avait vécu pareils instants, mais quand elle lui aurait avoué la vérité, elle serait sûre de ne jamais les revivre.

— Ce n'est pas ce qui me soucie, eut-elle la force d'articuler.

— Dis-moi, alors. Qu'est-ce qui te trouble à ce point ?

Croisant devant elle les pans de son chemisier, elle trahit son trouble. C'était un geste de protection que Damian n'aurait aucun mal à interpréter. Allait-il la croire folle de prétendre à la pudeur après un tel abandon ? Elle-même doutait de son état mental…

— Je ne comprends rien à ce qui m'arrive, admit-elle avec simplicité.

Damian la dévisagea comme si elle venait d'une autre planète.

Sans doute était-il habitué à susciter ce genre de réactions chez les femmes qu'il embrassait, mais pour Rosalia, c'était la première fois…

— J'ai été frappée de folie, tenta-t-elle d'expliquer. Mon corps… enfin, j'ai ressenti des choses… étonnantes. Comme si tout mon être se contractait et explosait de l'intérieur. C'était effrayant.

Tout autant que l'air incrédule qu'affichait Damian…

— Tu as joui.

Non. Il ne le savait pas mais pour elle, c'était impossible.

— Tu ne m'avais pas pénétrée.

— Tu n'as jamais joui en dehors de la pénétration, avec ton premier mari ?

Elle aurait presque ri du ridicule de sa question, mais craignit de ne plus pouvoir se calmer. Pour le coup, il la prendrait véritablement pour une folle…

— Non, se contenta-t-elle de répondre.

— Mais alors, tu…

— Je n'ai jamais éprouvé cela, non, reconnut-elle à contrecœur, presque vexée.

De plus, cela lui était arrivé dans une voiture, en route pour la villa de son mari…

Est-ce que les femmes se conduisaient ainsi habituellement ? Il y aurait eu de quoi s'inquiéter si elle n'avait pas connu la vérité sur sa sexualité.

Malgré tout, elle se sentait affreusement embarrassée. Les seules causeries sur la sexualité qu'elle avait eues avec sa mère s'étaient résumées aux conseils de lecture de celle-ci. Elle lui avait acheté des romans érotiques, dont Rosalia avait lu quelques pages avant de se marier, mais l'expérience qu'elle avait vécue avec Tobias différait tellement de ce que les auteurs décrivaient qu'elle avait cessé toute lecture de ce genre. Cela ne faisait qu'augmenter sa détresse quand elle se comparait aux héroïnes des romans, elle qui était incapable de répondre aux avances de son mari.

— Tu n'avais jamais joui ? interrogea Damian, interloqué.

Son étonnement lui enlevait tout tact et Rosalia se sentit rougir comme une gamine.

— Non, murmura-t-elle.

— Tu veux dire, jamais avec un homme, c'est cela ?

A cet instant, c'était son côté américain qui prenait le dessus car jamais un Espagnol n'aurait posé pareille question. Rosalia regretta presque qu'il n'ait pas l'éducation collet monté de son grand-père. Celui-ci serait mort plutôt que de demander à une femme si elle pratiquait les plaisirs solitaires !

— Non.

— Donc, jamais… jamais ?

— Je ne vois pas ce qui te choque là-dedans. Il y a des femmes à qui cela n'arrive pas, c'est tout.

— Tu as tout de même été mariée trois ans…

— Et alors ?

— Et alors ton second mariage va être très différent du premier, conclut Damian. Il n'y a d'ailleurs rien de honteux à éprouver du plaisir, tu sais…

Si seulement le plancher de la voiture avait pu s'ouvrir pour l'engloutir, Rosalia se serait sentie soulagée !

— Ne pourrions-nous parler d'autre chose ?

— Nous sommes mariés.

— Je m'en suis aperçue…

— Il ne doit donc pas y avoir de secret entre nous sur ces sujets-là.

Damian était-il né de la dernière pluie ? Toutes les épouses avaient des secrets pour leur mari, et ce depuis que le monde était monde.

— Il y a des domaines qui doivent rester privés, trancha-t-elle abruptement.

— Mais enfin…

— Je n'avais jamais fait ce que nous venons de faire ! lâcha Rosalia, que l'insistance de Damian portait au comble de l'exaspération.

Elle aurait voulu disparaître sous terre. Comment avait-il pu la pousser à révéler un détail aussi privé ?

— Pourtant, il s'est écoulé plusieurs années depuis ton veuvage. Je suppose que ta mère t'a dissuadée de rechercher le plaisir solitaire.

— Non, je n'en ai jamais eu envie, c'est tout.

Elle en était venue à haïr sa féminité et rien n'aurait pu la contraindre à se toucher intimement. D'ailleurs, les seuls contacts qu'elle avait expérimentés l'avaient blessée, enfin, jusqu'à aujourd'hui. Damian, lui, n'avait apporté que du plaisir, une excitation indescriptible. Pour une fois, les défaillances de son corps n'avaient rien empêché, comme si elles n'avaient eu aucune importance.

Un bâillement interrompit sa réflexion et, presque honteuse, elle l'étouffa sous sa main.

— Tu es fatiguée, à présent, constata Damian en souriant.

— C'est normal ?

— *Si*. Ton corps est comblé et s'est détendu. Il cherche le sommeil.

— Mais toi, murmura-t-elle en suivant la main de Damian qui attirait sa tête contre son épaule. Ce n'est pas juste pour toi…

— Mon tour viendra. Plus tard.

Plus tard ? En fait de *plus tard*, il n'aurait droit qu'à un *jamais*… mais sa vie en eût-elle dépendu que Rosalia n'aurait pu le lui avouer. Elle ne voulait pas gâcher l'émerveillement où elle baignait, la plénitude du seul plaisir physique qu'elle ait jamais éprouvé.

Elle reprit conscience avec la sensation de flotter. Les bras de Damian étaient autour d'elle et il la portait. Rosalia savoura leur force, consciente que c'était la première et la dernière fois qu'il se conduirait ainsi. Si seulement elle avait pu changer la réalité !

Ses paupières se dessillèrent et elle découvrit l'escalier à double révolution qui menait à la porte de la villa. Les murs couleur pêche prenaient une teinte dorée dans le soleil de cette fin d'après-midi. Deux balustrades de fer forgé protégeaient les escaliers.

— Où me conduis-tu ? demanda-t-elle d'une voix encore ensommeillée.

— A la chambre.

Ces mots eurent pour effet de la réveiller instantanément et Rosalia s'arc-bouta contre lui.

— Ce n'est pas possible !

— Je t'assure que si.

— Damian, je dois d'abord te dire quelque chose !

— Cela doit pouvoir attendre, *querida*. Moi, je vais avoir du mal…

— Mais il le faut ! Je t'en prie, laisse-moi te parler !

Ils étaient à présent dans la chambre spacieuse et claire. Damian la déposa doucement sur le lit.

— Vas-y, mais sois brève. L'épisode de la limousine a épuisé toute ma patience…

— Eh bien, commença-t-elle, je…

Elle s'interrompit. Elle avait passé ces quatre dernières semaines à savourer d'avance le moment où Damian comprendrait ce qui l'attendait dans le mariage. Elle s'était réjouie à l'idée de sa déconvenue, sans culpabilité puisque rien n'était sa faute ! C'était son corps qui se chargerait de refuser Damian, qui déjouerait ses plans et ceux de son grand-père… Une juste colère grondait en elle quand Rosalia se rappelait le chantage dont elle avait fait l'objet. Ce soir pourtant, à l'instant du triomphe, toute fureur la désertait. Elle n'éprouvait plus qu'un sentiment ambigu, bien loin de la satisfaction qu'elle se promettait. Il était difficile de découvrir au grand jour les insuffisances de son corps… Ne s'était-elle pas juré de ne plus s'exposer à cette honte ? Tout ce qu'elle ressentait à présent, c'était l'échec de sa féminité.

— Tu ne peux pas me faire l'amour, Damian.

— Tout semble prouver le contraire, s'étonna-t-il.

— Crois-moi, je sais de quoi je parle.

De nouveau, les sanglots lui bloquèrent la gorge et elle dut s'y reprendre à deux fois avant de poursuivre.

— C'est impossible. Tu dois accepter ce que je te dis.

— Tu as tes règles, fit-il soudain, soulagé d'avoir compris.

Rosalia aurait tout donné pour saisir la branche qu'il lui tendait, mais cela n'aurait été qu'une piètre échappatoire et d'ici quelques jours, il lui faudrait tout lui avouer.

— Ce n'est pas cela. Je n'ai jamais eu d'amant à part mon mari et après sa mort, je n'ai fréquenté personne.

— Ton grand-père me l'a dit, tu pleurais ton époux.

C'est normal, et je ne vois pas où est le problème. A vrai dire, et au risque de paraître rétrograde, la pensée que le seul homme qui t'ait touchée repose à six pieds sous terre est plutôt satisfaisante pour mon ego.

— Il y a autre chose que le deuil qui m'a retenue de fréquenter d'autres hommes.

— Tu aimes encore ton mari, c'est cela ? demanda-t-il d'un ton beaucoup moins compréhensif, qui frisait l'irritation. Tu as l'impression de le trahir en partageant ma couche ?

Il dégageait une impatience si masculine qu'elle aurait pu en sourire si elle n'avait eu une telle envie de pleurer.

— Non, cela n'a rien à voir avec ça. Je ne peux partager le lit d'aucun homme, Damian. Mon corps ne m'y autorise pas. Il se paralyse.

Ce n'était pas l'entière vérité, mais assez pour qu'il puisse envisager l'ampleur du problème.

— Tu as été violée, suggéra-t-il avec le regard d'un homme prêt à tuer.

— Pardon ?

— Cette paralysie, le fait que ton corps ne t'autorise pas les rapports évoque les réactions classiques des femmes qui ont été traumatisées sexuellement.

Faudrait-il qu'elle en passe par tous les détails ? N'était-ce pas assez d'être trahie par son corps depuis si longtemps, devrait-elle subir en plus l'humiliation de tout expliquer ?

— Je t'assure que je n'ai pas été violée, Damian. Je te le jure, insista-t-elle devant l'incrédulité de son regard. Le problème se situe ailleurs.

— Où donc ? Tu es bien trop passionnée pour vivre comme une nonne, Rosalia.

Cette description d'elle-même la fit rire, d'un rire sans joie qui ressemblait à un sanglot.

— Tu fais erreur. Je ne suis pas faite pour la sexualité, déclara-t-elle.

— Qu'est-ce que tu essaies de me raconter ? s'emporta

Damian. Tu n'as rien d'asexué ! Souviens-toi de la façon dont tu as réagi à mes caresses la première nuit sur la terrasse et tout à l'heure encore ! Tu as joui, par deux fois, alors que j'en étais à peine aux préliminaires…

Vraiment ? C'était donc ce qu'on appelait les préliminaires ? Cela ne ressemblait à rien de ce qu'elle avait connu.

— Mais je suis incapable d'aller au-delà, Damian. A la vérité, je ne me savais même pas capable d'aller si loin, avoua-t-elle dans un élan de sincérité.

L'écho de ses propres paroles résonnait encore dans sa tête quand une autre vérité la frappa de plein fouet. Elle s'était abandonnée dans les bras de Damian, elle éprouvait donc quelque chose pour lui, sinon, elle serait restée de marbre… Elle demeura silencieuse, assommée par ce qu'elle venait d'entrevoir. Les dernières semaines l'avaient épuisée émotionnellement et c'était la goutte qui faisait déborder le vase.

Ses craintes pour Kaylee avaient, jour après jour, rongé toutes ses défenses, il lui avait ensuite fallu trouver de nouvelles ressources pour survivre au chantage qu'exerçait son grand-père et voilà qu'elle s'apercevait qu'elle s'était vendue au seul homme qui la faisait réagir sexuellement depuis le désastre de sa première nuit de noces…

Si elle se mettait à éprouver autre chose que ce qui était prévu dans leur contrat de mariage, elle était perdue.

Son corps se mit à trembler, en état de choc. Rosalia respira goulûment comme si elle craignait de manquer d'air, risquant ainsi l'hyperventilation. Des larmes lui montèrent aux yeux et elle détesta sa propre vulnérabilité.

Déjà, elles coulaient abondamment sur ses joues… Comme mue par un ressort, elle se leva du lit.

— Je… je t'en prie… Damian, je ne peux pas, fit-elle, tremblant si fort qu'elle en hoquetait. Je ne… je ne peux pas… partager ce lit avec toi…

Les yeux brouillés de larmes, elle chercha la sortie à

l'aveuglette, d'un pas affolé, et tituba en passant devant Damian. Il la retint juste avant qu'elle ne percute le mur.

— Ne… ne me touche pas !

— Je ne vais pas te laisser partir dans un pareil état, déclara-t-il fermement, l'attirant dans ses bras avant qu'elle ait pu protester. Tu vas dormir ici. Dans un lit que je ferai monter, si tu insistes, mais d'abord, je veux te voir recouvrer ton calme.

— Je ne peux pas… J'en ai… j'en ai assez… C'est trop dur. Je n'en peux plus !

Elle éclata en sanglots, le front appuyé à sa poitrine, sans même se demander comment elle pouvait trouver un tel réconfort dans les bras de son ennemi.

Damian la fit asseoir au pied du lit, s'installa à côté d'elle et la tint serrée tout le temps que durèrent ses larmes. Ce n'était plus le plaisir, cette fois, qui déréglait ses émotions… Il la berça comme une enfant et elle se laissa faire, s'apaisant peu à peu.

Alors seulement, il la libéra.

— Passe ta chemise de nuit. Je serai de retour sous peu.

L'instant d'après, il avait disparu. Où, elle ne voulait même pas s'en soucier. Si seulement il avait pu ne pas revenir ! Elle se trouvait stupide d'avoir sangloté sur son épaule. Quelle horrible nuit de noces elle lui offrait ! Elle lui avait laissé tous les espoirs dans la voiture avant de lui tourner brusquement le dos, puis lui offrait une crise de larmes : elle devait lui paraître complètement incohérente.

Même un maître chanteur méritait mieux.

Elle se hâta de se déshabiller, craignant qu'il ne revienne avant qu'elle n'ait terminé, et trouva refuge sous la douche. Qu'il était bon de sentir l'eau chaude couler le long de son dos… Un peu rassérénée, elle se glissa dans une sage chemise de nuit et revint dans la chambre. Damian l'y attendait, assis dans un profond fauteuil de cuir, sans veste ni cravate. Il avait fait sauter les premiers boutons de sa chemise et l'ouverture dévoilait une poitrine bronzée sur laquelle bouclait une toison sombre. Son visage fermé démentait ce que sa posture pouvait avoir de décontracté.

Rosalia ravala un soupir. Si elle s'était écoutée, elle serait retournée sur ses pas pour s'enfermer à double tour. Mais elle ne pouvait pas passer la nuit terrée dans la salle de bains.

— Je suis désolée…

— Nous en reparlerons demain, quand tu seras reposée. En attendant, prends ceci.

Il lui tendit un fond de cognac dans un verre à liqueur. Elle n'aimait pas particulièrement l'alcool, mais en prit cependant une gorgée. Après la journée épuisante qu'elle venait de passer, cela lui ferait peut-être du bien.

— As-tu peur de moi ? demanda-t-il soudain, s'adossant au fond du fauteuil et croisant les chevilles.

Rosalia s'aperçut alors qu'il était pieds nus.

— Peur ? Non.

— Tu es ma femme. Tu es mienne.

Elle acquiesça, plus au statut d'épouse qu'au reste. Lui appartenir, elle savait bien que c'était impossible. Mais elle n'avait plus le courage d'argumenter, sur ce point comme sur aucun autre.

— J'aimerais que tu dormes dans mes bras cette nuit, reprit Damian.

Toute la tension que le jet de la douche avait dissipée revint crisper ses nerfs.

— Je ne peux pas…

— … faire l'amour, je sais. Tu t'es montrée très claire sur la question. Mais tu peux quand même laisser ton mari te serrer dans ses bras, non ?

— Tobias a préféré faire chambre à part après la naissance de Kaylee. Il ne supportait pas de dormir près de moi sans pouvoir me faire l'amour.

— Je ne suis pas ton premier mari. Si je fais cette requête, crois bien que j'en connais les limites. Simplement, il me semble qu'il est préférable que tu ne dormes pas seule cette nuit.

L'offre était si généreuse après ce qu'il venait d'apprendre qu'elle en resta ébahie.

Devant son silence, il ajouta :

— Accepte, Rosalia…

— D'accord.

Quel égoïsme de sa part de se laisser dorloter par Damian alors qu'elle ne pouvait rien lui accorder ! Mais elle avait terriblement besoin de réconfort, et cela faisait si longtemps que personne ne l'avait tenue dans ses bras… Ce soir entre tous, elle ne voulait pas rester en tête à tête avec le plus cuisant échec de sa vie.

Elle termina le cognac et se mit au lit. Damian se déshabilla, gardant simplement son boxer, et vint la rejoindre, l'attirant dans ses bras comme dans une coque protectrice.

— Merci, murmura-t-elle alors qu'il éteignait les chevets.

— C'est à la fois mon droit et mon plaisir. Tu peux être certaine que je ne voudrais être nulle part ailleurs ce soir.

Elle sentit la résurgence de son désir et douta de sa sincérité : il ne gagnerait que frustration à dormir auprès d'elle… Pourtant, il ne fit aucun geste déplacé, ne se plaignit de rien. S'il avait affirmé ses droits sur elle, était-ce pour ménager sa fierté masculine ?

Trop lasse pour chercher une réponse, Rosalia se laissa bercer par le battement régulier de son cœur et bascula dans un sommeil sans rêve.

Elle était seule dans le lit quand elle se réveilla, mais l'arôme du café l'avertit que Damian se trouvait dans la pièce. Il était assis au même endroit que la veille, une tasse de café dans une main et un journal ouvert dans l'autre.

Elle s'autorisa à laisser glisser les couvertures et s'assit en s'adossant aux oreillers. Sa chemise de coton protégeait suffisamment sa pudeur.

— Bonjour…

L'écran du journal s'abaissa, révélant un regard chocolat qui se posa longuement sur elle.

— Bonjour. Tu as bien dormi.

C'était une affirmation plus qu'une question mais elle choisit d'y répondre.

— Oui, merci… Et toi ? hasarda-t-elle après une hésitation.

— Disons que j'ai pris le temps de réfléchir et ensuite, j'ai dormi.

Il posa son journal et sa tasse sur une table basse et Rosalia aperçut une cafetière fumante ainsi qu'une seconde tasse.

— Café ? proposa Damian.

— Oui, s'il te plaît.

Il la servit et lui tendit la tasse, une expression méditative sur le visage.

— Tu te doutais que notre mariage ne durerait pas et c'était bien comme cela que tu l'entendais, n'est-ce pas ?

Il n'était plus l'heure de dissimuler. Damian était assez intelligent pour avoir tout deviné.

— C'est vrai. Je savais que tu ne voudrais pas rester lié à moi une fois que tu connaîtrais la vérité.

Il hocha la tête, visiblement sur la réserve, sans exprimer autrement sa réaction.

Rosalia savoura le café fumant. Si seulement sa vie future pouvait être aussi douce que ce matin !

— Je te dois des excuses, reprit-elle. J'étais profondément en colère contre mon grand-père et contre toi, mais cela ne m'autorisait pas à agir de la sorte.

— Tu veux dire, à m'épouser sans avoir l'intention de rester ma femme ?

— Ce n'est pas moi qui vais demander la séparation.

Ces derniers mots semblèrent éveiller l'intérêt de Damian et, pendant quelques secondes, il étudia le visage de Rosalia.

— Tu pensais donc que je romprais notre union,

conclut-il, et ainsi, tu t'en sortirais sans avoir à trahir tes engagements. Intègre, en quelque sorte. Les mains propres…

— Oui, souffla-t-elle.

Elle avait eu tort d'escompter s'en tirer sans dommage. La culpabilité la rongeait, même si aucun choix ne lui avait été laissé.

— Tu estimais que refuser de faire l'amour n'était en rien une façon de saper notre mariage ?

— Ce n'est pas moi qui refuse. Je t'assure que je n'ai pas le choix en la matière.

— Comment peux-tu en être sûre puisque tu dis n'avoir eu aucune relation sexuelle depuis la mort de ton mari ?

— Parce qu'avec lui non plus, cela ne marchait pas.

Damian se crispa.

— T'a-t-il blessée ?

— Sans intention de le faire, tout comme moi j'ai pu le blesser.

Il prit le temps de peser ses mots avant de reprendre.

— Explique-moi pourquoi, dans ton esprit, je méritais cette supercherie en guise de mariage.

Il était si calme que cela en devenait surréaliste. N'importe quel autre homme aurait hurlé devant ce qu'elle lui révélait. Pas lui. Il se comportait raisonnablement, aussi tranquille que s'il cherchait à régler une transaction financière.

Rosalia était bien plus émotive. Au souvenir de ce qu'elle avait dû accepter pour sauver Kaylee, elle voyait rouge…

— Seul un monstre peut utiliser la vie d'une enfant afin de pousser sa mère à l'épouser, s'écria-t-elle dans un sursaut de colère.

Damian tressaillit et ses pupilles sombres se rétrécirent.

— Veux-tu m'expliquer cela ?

— Ne prétends pas ne rien savoir.

— Mon ignorance n'est pas feinte, Rosalia. Préfères-tu que je demande à Benedicto ? Il doit bien savoir quelque chose.

La dernière chose qu'elle souhaitait était de se retrouver

confrontée à son grand-père. Elle décida donc de jouer le jeu de Damian, aussi bizarre qu'il puisse être, et lui expliqua en détail ce à quoi elle avait dû consentir.

Quand elle eut terminé, il se leva et marcha vers la fenêtre, qui donnait sur l'océan. Pourtant, ce n'était pas l'eau claire de la Costa Blanca qui l'attirait en cet instant, Rosalia l'aurait parié, mais plutôt la nécessité de s'éloigner d'elle. La distance qu'il installait entre eux résonna physiquement en elle comme une sorte de manque.

— Ne t'est-il jamais venu à l'esprit que je pouvais ignorer les méthodes dont ton grand-père a usé pour te persuader ?

— Non. Grand-père n'a pu agencer tout cela sans te consulter. Il savait bien que je t'en parlerais, de toute façon.

— Et pourtant, tu ne l'as pas fait *avant* le mariage…

— Cela n'était pas nécessaire, puisque tu étais au courant.

— En fait non. Ton grand-père est un stratège de premier ordre, il nous a manœuvrés tous les deux.

Rosalia reposa sa tasse à moitié pleine : après ce qu'elle venait d'entendre, elle savait qu'elle ne pourrait plus avaler la moindre gorgée.

— Que dis-tu ? demanda-t-elle, le cœur au bord des lèvres.

— J'ai cru que tu m'épousais pour faciliter l'avenir de ta fille et pour t'assurer une vie sans tracas, pour faire plaisir à ton grand-père, aussi. J'étais loin d'imaginer le problème de santé de Kaylee.

— Admettons que tu aies été au courant, que se serait-il passé alors ?

Damian se retourna et lui fit face, sans pour autant quitter l'embrasure de la fenêtre.

— Je ne suis pas sûr que cela aurait modifié ma décision, mais au moins, j'aurais pu comprendre ta réaction.

— Grand-père prétend que tu es un homme d'affaires avisé, qui ne donne rien pour rien.

— C'est vrai, mais on ne peut pas en dire autant de toi.

— Pardon ?

— Tu aurais dû demander une somme bien plus élevée. Cela m'a d'abord surpris que Benedicto ne t'ait pas mieux conseillée, mais j'ai pensé qu'il se sentait redevable envers moi et avait modéré tes ambitions.

— Lui ? Redevable envers toi ?

Il est vrai que son grand-père avait prétexté un revers de fortune pour se défausser du paiement des soins de Kaylee…

— Il a fait de mauvais placements ces derniers temps, confirma Damian. Pas ceux que je lui avais recommandés, d'ailleurs… Mais enfin, pressé par les circonstances, il a dû me vendre sa villa.

— Comment ? Mais il y habite encore !

— Cela fait partie de notre marché. Je dois aussi veiller à ce que, après sa mort, ta mère et toi ayez un toit.

Rosalia allait d'étonnement en étonnement.

— Ainsi, la villa t'appartient…

— Oui, ainsi que d'autres éléments de son patrimoine. Cela lui a permis de survivre financièrement et de maintenir ses affaires à flot.

— J'arrive à peine à y croire…

— J'ai plus important à faire que te convaincre, rétorqua âprement Damian. Il me faut discuter avec toi de notre avenir.

La façon dont il avait prononcé ce dernier mot lui donna des frissons dans le dos.

— Quel avenir ? demanda-t-elle en soupirant. Nous n'en avons pas ensemble.

— C'est ton opinion, pas la mienne… *Silencio*, fit-il en élevant la main pour bloquer ses protestations. Tu as pris des engagements devant Dieu et les hommes, tout comme je l'ai fait.

Il avait raison, bien sûr. Mais elle croyait que ses engagements seraient vite caducs devant l'échec de son mariage.

— J'étais persuadée…

Rosalia s'interrompit, voyant son regard s'assombrir.

Il ne faisait pas bon être l'adversaire d'un homme tel que lui, constata-t-elle en frissonnant.

— La question que je veux te poser est la suivante, déclara-t-il sans la laisser poursuivre. Es-tu prête à honorer tes engagements ?

— Pourquoi le devrais-je ? Ils sont le fruit du chantage auquel on m'a soumise !

Elle maintenait une assurance de façade mais tremblait intérieurement.

Soudain, le regard de Damian vint chercher le sien et, pour la première fois, elle y vit frémir l'émotion qu'il maîtrisait : une colère blanche, qui semblait à deux doigts d'exploser.

— Il semble que j'ai honoré ma part du contrat, non ?

Elle ne put que hocher la tête.

— Kaylee peut être soignée et je veillerai à ce qu'elle le soit. Son avenir et le tien sont assurés tant que tu resteras ma femme.

— Mais tu veux des enfants, plaida-t-elle d'une petite voix.

— *Si.*

— Je ne pourrai pas t'en donner…

— Cela reste à voir.

— Tu veux donc que j'essaie ?

— Tu me le dois. N'est-ce pas ce à quoi tu t'es engagée, envers moi comme envers ton grand-père ?

5.

C'était une promesse qu'elle pensait bien ne jamais devoir tenir…

Rosalia laissa sa tête basculer en arrière, les yeux clos, comme pour se couper d'une vérité trop dure à assumer : il était vrai que son grand-père l'avait manipulée en jouant sur la peur que lui inspirait l'état de Kaylee, mais elle aussi, sans la moindre pitié, avait utilisé Damian pour se procurer l'argent nécessaire.

— Je ne suis pas meilleure que lui, avoua-t-elle en un souffle.

— Tu lui ressembles plus qu'il ne l'imagine, mais de mon point de vue, ce n'est pas plus mal. J'ai de l'affection pour Benedicto et finalement, toute cette affaire peut tourner à notre avantage.

Rosalia ouvrit vivement les yeux.

— Je t'ai menti sur la réalité de notre mariage et tu penses que cela peut bien tourner ?

— Peut-être. Cela dépendra…

— Et de quoi, grands dieux ?

— De toi. Auras-tu la volonté de tenir tes promesses ?

Elle laissa échapper un lourd soupir.

— Je les tiendrai mais cela ne changera rien. Tu auras beau essayer tout ce que tu voudras, rien ne rendra possible l'intimité entre nous.

Elle avait vécu cet enfer avec Tobias et l'idée de parcourir le même chemin avec Damian la glaçait d'effroi.

— Je te veux, Rosalia. Et je t'aurai, s'obstina-t-il.

N'écoutait-il rien ?

— Mais c'est impossible ! cria-t-elle presque, frappant du poing sur le lit. Crois-moi, si j'y pouvais quelque chose, je le ferais !

Ne serait-ce que pour paraître moins coupable à ses propres yeux…

Il sourit, la vanité masculine remplaçant la colère dans son regard.

— C'est déjà une bonne nouvelle. A présent dis-moi ce qui, à ton avis, t'en empêche.

— Ce n'est pas une histoire d'avis. Je le sais, c'est tout.

— Dis-moi pourquoi…

— Pourquoi ?

Si elle devait lui révéler tout ce qui ne fonctionnait pas en elle, elle n'y survivrait pas.

— Que tu le saches ou non ne changera rien, affirma-t-elle.

— Peut-être pas, mais tu me dois néanmoins une explication.

— On dirait que je te dois pas mal de choses, depuis peu, se rebiffa Rosalia.

— Parce que ce n'est pas le cas ?

— Je ne sais pas, mentit-elle, et de toute façon, cela ne me rendra pas l'explication plus facile. C'est douloureux d'en parler, tu peux au moins comprendre cela, non ?

Comment l'aurait-il pu ? Savait-il combien pouvait vous briser pareille insuffisance ?

— Je ne veux pas te faire de mal, Rosalia.

— Pourtant, tu veux apprendre ce que j'ai du mal à dire.

— Parfois, il faut passer par la douleur avant de trouver le plaisir.

— C'est ce que Tobias m'avait dit le soir de nos noces. Malheureusement, le plaisir n'est jamais venu…

— As-tu peur de faire l'amour avec moi parce que tu crains que je te fasse mal ?

Il lui ferait mal, mais ce ne serait pas volontaire, bien sûr.

— Je sais que tu ne serais pas brutal.

— Et moi, je ne peux croire que tu n'éprouves aucun désir pour moi. Mes caresses ne te laissent pas indifférente.

— C'est vrai, admit-elle avec une douloureuse sincérité. J'ai eu envie de toi…

Cela pourrait se reproduire, mais elle s'interdirait bien de tomber amoureuse ! La pensée qui lui en avait traversé l'esprit la veille devait être due à l'épuisement.

— Alors explique-moi où se situe le problème ! s'irrita Damian.

Il semblait en colère de nouveau, frustré également. Cette déception que trahissait sa voix, elle l'avait souvent entendue lors de son premier mariage. Il voulait la vérité ? Très bien, elle allait parler.

— Je me contracte au moment de faire l'amour.

Elle lut dans son regard qu'il ne comprenait pas et continua, du ton le plus froid et distancié qu'elle le put.

— C'est une affection des muscles du vagin qui les fait se contracter quand j'essaie de faire l'amour. Mon corps te refusera la pénétration.

Cette fois, le visage de Damian était resté impassible et elle ne put déterminer si cela le décevait, le dégoûtait, ou s'il la plaignait.

— Quelle en est la cause ? se contenta-t-il de demander.

— Je ne sais pas.

Elle s'en doutait un peu, ayant parcouru un ouvrage sur les dysfonctionnements sexuels, mais n'avait pas tenu à en savoir plus sur ce qui lui volait la meilleure part de sa féminité.

Il y avait eu des moments lors de son premier mariage où elle s'était haïe pour cette insuffisance.

Son médecin s'était montré très clair, lui expliquant que tout cela n'était que psychologique et que la volonté serait suffisante à faire cesser les spasmes de son vagin. Pourtant, elle n'y était jamais parvenue.

— En tout cas, c'est ce qui s'est produit quand tu as commencé à me caresser sur la terrasse, reprit-elle.

— C'est donc cela… Quand tu m'as repoussé, je croyais que tu te réservais pour notre nuit de noces.

— A l'époque, je ne savais pas que nous allions nous marier.

— Et moi, je ne savais pas ce que ton grand-père t'avait dit. Parle-moi de ton premier mariage. Tu éprouvais la même chose avec ton mari ?

— Oui. Notre mariage était terminé bien avant que Tobias ne meure… Le soir où il m'a quittée, il a été heurté par une voiture en se rendant à l'hôtel et n'a pas survécu. Il m'avait dit que la vie en commun lui était insupportable puisque je ne pouvais remplir pleinement mon rôle d'épouse.

— Rosalia…

Elle vit briller la pitié au fond de ses yeux bruns et se retint de hurler. Elle avait lu la même expression dans les yeux de Tobias.

— Es-tu satisfait, à présent ? lança-t-elle d'une voix trop forte.

Elle se sentait malade de chagrin et de frustration.

Damian tressaillit à son ton acerbe et tendit la main vers elle.

Elle se recula comme s'il allait la gifler.

— Non ! Je ne veux pas de ta pitié, Damian, je n'en ai pas besoin !

— Ce n'est pas ce que je t'offre. Je suis désolé de t'avoir poussée dans tes retranchements, mais il me fallait savoir la vérité pour bâtir un avenir avec toi.

— Mais il n'y aura pas d'avenir ! Tu auras beau me plaindre, cela ne changera rien à l'affaire ! Je vais prendre une douche, dit-elle soudainement, se levant du lit comme une automate.

Elle atteignait la salle de bains lorsque deux mains se posèrent sur ses épaules et Damian la fit pivoter. Elle n'eut pas le temps de crier que déjà, sa bouche était sur la sienne.

Ce baiser aurait dû être agressif.

Le corps de Damian était tendu au point d'en vibrer, mais ses lèvres étaient douces, persuasives. Rosalia conserva sa raideur aussi longtemps qu'elle le put, mais Damian lui offrait un réconfort dont elle avait désespérément besoin, celui d'un contact humain sincère et tendre.

Alors, elle céda à son baiser.

Ses mains la caressaient, doucement, comme pour la calmer. Sa bouche la goûta sans insistance, pour mieux lui faire désirer l'intimité qu'il proposait.

Le baiser de Damian était comme une thérapie, destinée à l'apaiser. Quand il l'attira à lui, elle sentit son désir et les larmes lui montèrent aux yeux. Jamais elle ne pourrait lui donner ce qu'il désirait d'elle… Ce que n'importe quelle femme pouvait donner.

Elle se détourna, le repoussant des deux mains jusqu'à ce qu'il la libère.

— Je dois m'habiller.

— Très bien. Ensuite, nous parlerons.

— N'en as-tu pas assez pour ce matin ?

— Non. Mais la suite peut attendre.

Il l'envoya gentiment vers la salle de bains d'une main posée sur ses fesses.

— Vas-y. Va prendre ta douche.

Damian aurait pu se gifler.

Son mariage était le résultat d'un chantage et le maître chanteur, c'était lui !

Bien sûr, à l'époque, il ne savait pas à quoi son argent devait servir, mais le résultat restait le même : Rosalia avait été contrainte et sa richesse était l'arme dont on avait usé sur elle… Un homme moins endurci l'aurait sans doute laissée partir, mais Damian en avait vu d'autres, et rien ne l'arrêterait pour obtenir ce qu'il voulait : elle et seulement elle. Jamais il n'avait autant désiré une femme. N'avait-il pas appris à faire plier le destin ?

Rosalia était à présent son épouse, il avait la responsabilité de son bien-être. Elle avait besoin d'un homme solide, qui l'aide à livrer ses propres batailles et celles pour la santé de sa fille.

Cet homme, ce serait lui.

Il allait s'occuper d'elle.

Contrairement à son premier mari ! Au souvenir du piètre rôle que Tobias avait tenu, Damian laissa échapper un juron. Il lui en aurait voulu s'il avait encore été de ce monde. Mais Tobias Kennedy était à peine plus qu'un adolescent quand il avait épousé Rosalia et s'était trouvé confronté au problème que leur posait l'acte sexuel. Il fallait bien autre chose qu'un adolescent pour faire face. Le pauvre garçon avait dû douter de sa propre sexualité et, trop timide pour l'avouer, avait préféré reporter la faute sur Rosalia, quitte à saper à jamais sa confiance en elle…

Damian n'en était pas à sa première expérience, il pouvait aborder le problème sereinement, sans se remettre en cause. Il existait obligatoirement un traitement pour ce qu'elle avait.

A supposer même que cela soit inguérissable, en admettant qu'il ne puisse pas la pénétrer, il connaissait d'autres manières de faire l'amour et brûlait de les essayer toutes avec elle…

Depuis quatre semaines, son corps était dans un état constant d'excitation et seule Rosalia pouvait le soulager.

Cette pensée ne le troublait pas, d'ailleurs. N'était-elle pas sa femme ? N'était-il pas normal qu'il la désire ? Cela ne signifiait rien en matière de sentiments, rien qui puisse le rendre vulnérable.

Peut-être, hélas, leur union resterait-elle sans fruit. Mais le potentiel de plaisir qui existait entre eux était illimité. Ne s'en rendait-elle pas compte ?

Sans doute pas. Après l'épisode de la limousine, il

devinait qu'elle en savait moins que la plupart des adolescentes sur sa propre sexualité. Cela ne le surprenait pas. Tels qu'il connaissait Maria-Amelia et Benedicto, il y avait peu de chances pour qu'ils aient fait l'éducation sexuelle de Rosalia… Elle comptait peut-être sur Tobias Kennedy pour faire son apprentissage, mais son premier mari manquait d'expérience et Rosalia avait été dévastée, la perception de sa féminité réduite à néant. Il n'était pas surprenant qu'après la mort de Tobias, elle ait complètement ignoré le côté passionné de sa nature.

Ce qui laissait Damian face à une question brûlante…

Quand pourrait-il lui donner sa prochaine leçon de plaisir ?

Rosalia trouva Damian sur la terrasse qui surplombait la piscine et dévoilait la mer. La villa s'étendait sur l'une des collines qui bordaient la Costa Blanca. Entourée d'arbres et de falaises rocheuses, elle était écartée de ses voisines et Rosalia appréciait cet isolement.

Damian se leva à son approche et lui présenta une chaise.

— Tu te sens mieux ?

Pouvait-on se remettre d'une pareille tornade émotionnelle ? Elle était à peine parvenue à recouvrer son sang-froid. Plus question de hausser la voix ou d'éclater en sanglots comme elle l'avait fait la veille.

— Disons que je suis capable de me contrôler, si c'est cela qui te soucie.

— C'est toi qui me soucies. Tu es ma femme. N'est-il pas normal que je m'intéresse à ton bien-être ?

Rosalia se concentra sur le toast qu'elle était en train de beurrer, refusant délibérément d'ouvrir son cœur à la moindre parcelle d'espoir. Elle avait appris à ses dépens ce qu'il en coûtait…

— Combien de temps voudras-tu que je reste ta femme ?

Sa fierté exigerait sans doute un délai d'un an avant qu'il ne révèle au monde leur séparation de fait.

Il remplit son verre de jus d'orange.

— Il ne s'est pas écoulé assez de temps depuis hier pour que j'aie oublié m'être engagé à vie…

— C'est vrai, mais tu n'as appris qu'après que je ne pourrais te satisfaire.

— Regarde-moi bien, Rosalia.

Elle avait soigneusement évité de le faire depuis qu'elle s'était assise. Lorsque leurs regards se trouvèrent, le choc lui fit soudainement paraître le monde irréel. Ce n'était pas une condamnation qu'elle lisait dans les yeux de Damian, ni la pitié qu'elle avait anticipée. Il n'était pas en colère, ni déçu, mais plutôt… têtu, comme seul un homme pouvait l'être. Elle connaissait bien cette expression, ne l'avait-elle pas vue cent fois sur le visage de son grand-père ?

— Tu m'as affirmé ce matin encore vouloir tenir tes promesses, Rosalia.

— Tu ne peux pas raisonnablement vouloir que je le fasse.

— Vouloir, non. J'exige que tu le fasses.

— Tu sais bien que c'est impossible.

Damian se carra confortablement dans son large fauteuil d'osier.

— Escalader une montagne peut paraître impossible à première vue. Pourtant, si on y va doucement, un pas après l'autre…

La prétendue sagesse qu'il affichait ne pouvait tromper Rosalia.

L'homme qui lui faisait face était un requin de la finance. Il n'avait jamais investi sans retour, ce qu'il voulait à présent, c'était un bénéfice tangible à retirer de ce mariage. Elle ne pourrait lui offrir les héritiers sur lesquels il avait compté. Que pouvait-il attendre d'autre ?

Une pensée horrible lui vint, qui lui serra le cœur.

— Espères-tu que je sois une femme… compréhensive ? Que je ferme les yeux quand tu iras chercher auprès d'autres ce que je ne peux te donner ?

— En serais-tu capable ?

— Non.

— Tant mieux. Je ne te l'aurais pas demandé. Qu'y a-t-il de flatteur à ce que votre propre femme ne s'offusque pas d'être trompée ? A présent, déjeune tranquillement. Tu n'as presque rien mangé hier.

Rosalia leva sur lui un regard irrité.

— Personne ne t'a jamais reproché ton caractère dominateur ?

— Pour un homme qui s'est bâti seul un empire, cela n'a rien d'étonnant. Mange.

Elle poussa un soupir de protestation mais lui obéit. Il avait raison, elle n'avait presque rien avalé depuis vingt-quatre heures et mourait de faim.

Quand elle eut fait honneur aux toasts, aux fruits frais et aux laitages, Damian appela Juana, pour la lui présenter. Juana était l'épouse du gardien de la villa et veillait sur la cuisine tandis que son mari s'occupait de la maintenance et du jardin.

Une fois les présentations achevées, Damian prit Rosalia par la main.

— Viens, on va descendre jusqu'à la plage.

Un peu d'exercice ne lui ferait pas de mal et elle n'avait pas même besoin d'aller se changer, ayant enfilé une paire de jeans, un T-shirt et des tennis. Il lui tendit son sweat-shirt.

— Tu pourrais en avoir besoin, l'air est frais pour la saison.

Lui-même avait revêtu un jean noir mais était bras nus. Un sac à dos pendait à son épaule.

— Prête ?

Elle acquiesça et le suivit sur le chemin escarpé qui menait à la plage. Il l'aida à franchir les rochers dans les passages difficiles et chaque fois que sa main touchait la sienne, Rosalia sentait son corps frissonner. Le vent salé qui jouait dans ses cheveux n'en était en rien responsable…

La proximité de Damian la faisait vibrer. Elle n'avait jamais rien ressenti de tel, ni durant son mariage ni après. Son corps semblait se muer en un instrument de musique sur lequel lui seul savait créer une sonate dont chaque note éveillait un peu plus ses sens.

Quand ils atteignirent la plage, l'absence de vent surprit Rosalia : ils se trouvaient dans une alcôve protégée par les rochers, indiscernable du haut de la falaise. Un paradis rien que pour eux, fait de sable blanc et de rocs dentelés… Il y avait même une retenue d'eau salée, assez profonde pour y nager.

Les rochers se resserraient du côté donnant sur la mer et, si l'on apercevait celle-ci à travers une faille, il était peu probable que l'on aperçoive de la plage ce recoin abrité.

Damian tira une couverture colorée de son sac et la jeta à terre.

— Assieds-toi.

Elle avait effectivement besoin de faire une pause, mais plus à cause du désordre de ses sentiments que de la difficulté du chemin…

Elle retira le sweat-shirt de Damian pour profiter de la tiédeur de l'air puis s'étendit à demi, croisant les chevilles, appuyée sur ses coudes. On était vraiment bien, au soleil et à l'abri du vent.

— C'est un coin agréable, murmura-t-elle, paupières closes.

— Oui, je l'aime bien, mais je dois dire qu'aujourd'hui, c'est une autre sorte d'agrément qui retient mon attention…

Rosalia remarqua l'inflexion curieuse de sa voix et, ouvrant les yeux, elle surprit le regard de Damian posé sur sa poitrine, dardée vers le ciel. Elle changea immédiatement de position et ramena ses genoux sous le menton, les bras noués autour des jambes.

— C'est très retiré, ici…

— Oui, acquiesça-t-il en s'asseyant près d'elle. Cela te gêne que je te regarde ? Une femme devrait s'y attendre de la part de son mari…

— Le chantage qui a présidé à ce mariage n'est pas la meilleure façon de créer des relations de confiance, rétorqua Rosalia. D'autre part, je ne suis pas assez sadique pour te donner envie de moi alors que je ne peux te satisfaire. Je n'ai rien d'une allumeuse.

Damian fronça les sourcils.

— Mettons les choses au point, *mi esposa*, avant que je ne perde patience. Tu m'as accepté pour procurer à ta fille ce dont elle avait le plus besoin. Ce n'était pas une affaire de chantage mais de pure nécessité.

— Je ne t'aurais pas épousé sans cela…

— Peut-être que si.

Rosalia leva les yeux au ciel.

— Pareille arrogance est à peine croyable !

— Je ne suis pas arrogant, *querida*, mais simplement conscient de l'attirance qui existe entre nous. Le vrai défi aurait été d'ignorer cette attirance, pas d'y céder.

— Je n'y aurais pas cédé, sachant qu'elle ne pouvait mener nulle part !

— C'est un peu difficile à croire, étant donné tes réactions hier dans la limousine…

La réplique de Damian lui cloua le bec. Que dire, en effet, alors qu'elle se sentait trahie par son corps ?

Devant son silence, Damian reprit.

— Ton premier mari t'accusait-il d'être une allumeuse ?

— Parfois.

Même l'évocation de son désastreux mariage lui paraissait une solution provisoire pour échapper à l'impasse où elle se trouvait. C'est vrai, il faisait réagir son corps comme nul autre, mais elle se refusait à l'avouer !

— Nous étions jeunes, reprit-elle. Il voulait ce que je ne pouvais lui donner. Cette situation était difficile pour nous deux.

— C'est ce que je pensais. Vous étiez tous deux trop immatures pour affronter sereinement le défi que représentait votre problème.

— *Mon* problème, Damian. Je ne peux pas faire l'amour et tu auras beau en parler avec toute la sérénité du monde, je t'assure que tu te lasseras vite d'une épouse au rabais.

— La pénétration n'est pas la seule façon de trouver du plaisir, tu sais…

Le sang afflua aux joues de Rosalia.

— Tu parles de façon si directe…

— Je ne vois pas en quoi la subtilité nous aiderait. Il faut aborder directement les choses si on veut avancer.

— De là à entrer dans les moindres détails, il y a une marge ! Et pour quel résultat ? Il me semble assez évident qu'une vie commune nous est impossible.

— A mon avis, tu te trompes. Ce sont justement les détails qui m'intéressent, ils me permettront d'envisager quel degré d'intimité nous pouvons espérer.

— Je te l'ai déjà dit : aucun.

— Essaies-tu de me dire que tu ne supporterais même pas une caresse ?

— Tu sais bien que non, laissa-t-elle échapper en un souffle, presque contrariée de son insistance.

— Alors une intimité est possible, mais peut-être ne t'en rends-tu pas compte.

— Je ne suis quand même pas stupide ! protesta-t-elle.

Un mince sourire étira les lèvres de Damian.

— Stupide, non, mais naïve, par contre…

— Moi, naïve ? Pas du tout ! se rebella Rosalia.

— Ce qui s'est passé hier démontre amplement ton innocence…

Rosalia se sentit rougir de nouveau et s'en agaça : n'était-ce pas la meilleure preuve de sa naïveté ? Inutile de prétendre le contraire : elle était totalement candide quand il s'agissait de sexe et cela se voyait.

— Je ne suis pas complètement innocente, en tout cas, grommela-t-elle.

— Donc, tu connais les diverses façons de donner et de recevoir du plaisir ?

— Bien entendu. Qui ne les connaît pas ?

Une étincelle moqueuse alluma le regard de Damian. Rosalia le trouva soudain trop proche, trop présent. Cette proximité lui brouillait les idées, mais, tétanisée, elle était incapable de garder la distance qui la préserverait.

— Si tu es aussi avertie, pourquoi dis-tu qu'il nous est impossible d'atteindre la moindre intimité ?

Il insistait, mettant en doute sa logique, ou sa sincérité.

— Rien de ce à quoi tu fais allusion n'a fonctionné pour Tobias et moi, se défendit-elle.

Elle se souvenait de leur embarras quand elle essayait de le caresser, lumières éteintes. Quels que soient ses efforts pour plonger dans une ambiance érotique, il lui était impossible de se détendre et ils n'atteignaient jamais leur but. Ce piètre résultat les avait affreusement démoralisés et Rosalia culpabilisait : non seulement elle ne pouvait s'ouvrir à son époux, mais elle n'était même pas capable de le satisfaire autrement.

— Qu'avez-vous essayé exactement ? s'enquit Damian.

Il voulait qu'elle parle sans détour ? Eh bien, il serait servi.

— J'ai cherché à le caresser avec ma main et ma bouche, déclara-t-elle en s'obligeant à le regarder bien en face, consciente d'être rouge comme une pivoine. Tu me crois capable de compenser mon insuffisance mais ça ne marchera pas.

— Qu'en sais-tu ?

Elle considéra les lèvres sensuelles qui lui avaient donné tant de plaisir la veille et souhaita de tout son cœur qu'il puisse avoir raison. Hélas, il ne suffisait pas de le souhaiter...

— Crois-moi, Damian, c'est sans espoir.

Il secoua la tête d'un air de doute amusé.

— *Querida*, si tu me caressais, je t'assure que cela

suffirait. La simple idée de ta bouche posée n'importe où sur mon corps m'excite jusqu'à la douleur, fit-il en frémissant.

— Mais Tobias…

— Tobias était un garçon de dix-huit ans qui n'y connaissait rien ou il aurait trouvé moyen de te satisfaire tout en y prenant plaisir. Je crains qu'il n'ait pas eu assez confiance en lui pour te laisser prendre l'initiative. Je n'ai pas ce genre d'inhibitions.

Cela, elle pouvait aisément se l'imaginer : Damian n'avait aucune réticence à parler sexe, pas plus qu'il n'en aurait pour s'abandonner au plaisir. Bien sûr, elle pourrait trouver avec lui plus de satisfaction qu'elle n'en avait jamais connu, mais cela ne changerait rien à l'essentiel : l'acte sexuel ne serait jamais complet entre eux.

— Je ne pourrai pas te donner d'enfant… Cela aussi faisait partie de notre marché.

— Remettons cet aspect du problème à plus tard, veux-tu ? Je propose de procéder par étapes.

Rosalia aurait crié de frustration devant pareil entêtement. Ne voyait-il pas à quel point il la provoquait ? Si, elle lisait dans son regard que Damian savait exactement ce qu'il faisait et qu'il ne cédait rien.

— Ni toi ni Tobias n'aviez l'expérience ou la maturité nécessaire. Aujourd'hui, ces deux paramètres ne nous feront pas défaut.

— Mais mon corps refuse d'obéir ! plaida désespérément Rosalia. Rien ne permettra d'abolir cet obstacle-là, quelle que soit l'étendue de ton expérience !

— Plus que d'expérience, je parlerais de désir. Je te veux, Rosalia, et quelle qu'en soit la façon, je t'aurai.

— Tobias aussi disait cela…

Pourquoi Damian la poussait-il à bout ? Il l'épuisait, à vouloir la convaincre que ses difficultés pouvaient être vaincues. L'espoir était pour elle un leurre trop dangereux. La désillusion qui s'ensuivrait la tuerait.

Il se pencha vers elle et posa doucement le pouce sur ses lèvres pour la faire taire.

— Ton corps se contracte pour empêcher la pénétration, mais cela ne signifie pas que toute sexualité soit morte en toi, ni que tu sois stérile.

Elle s'arracha à lui pour répondre.

— Damian, tu ne comprends pas…

— C'est toi qui ne comprends pas, *mi mujer.* Il y a mille façons de faire l'amour, fit-il, revenant tout contre ses lèvres.

Il l'embrassa alors avec une savante lenteur, une douceur qui la fit frémir.

— J'ai l'impression, *querida*…

Damian s'interrompit pour l'embrasser encore.

— … que tu ne les as pas…

Cette fois, il lui mordilla la lèvre.

— … toutes essayées, termina-t-il en s'emparant de sa bouche.

Quand il s'écarta, elle tremblait et le regarda, sidérée de ce qu'il lui faisait ressentir.

— Tu as encore beaucoup à apprendre, *mi esposa*…

Se rappelant le bouleversement qu'il avait provoqué en elle rien qu'avec ses caresses, Rosalia dut concéder ce point. Une minuscule étincelle d'espoir naquit en elle. Peut-être, en magicien qu'il était, Damian pourrait-il faire surgir d'elle une capacité nouvelle au plaisir.

— Mais si je ne parvenais pas à te donner du plaisir ? s'obstina-t-elle en dépit de tout.

Du bout du doigt, il caressa doucement ses lèvres encore tièdes de leur baiser.

— Cette hypothèse est inenvisageable, mais si cela peut te tranquilliser, je serais capable de trouver mon plaisir quelque soit le problème.

— Mais Tobias…

— Arrête. Tobias était le mari d'une adolescente, je

suis celui de la femme que tu es devenue. C'est une donne entièrement nouvelle dont nous bénéficions.

Il la jaugea avec une telle confiance qu'elle fut tentée de le croire.

6.

— Acceptes-tu d'essayer, Rosalia ?

— J'ai fait une promesse, cela ne me laisse pas grand choix.

Il sourit, balayant d'un geste l'amertume de ses paroles.

— Tu devras d'abord apprendre à ne plus te dissimuler derrière cette fausse colère…

Sa colère lui avait-elle servi de bouclier ? Rosalia se crispa. Si Damian avait raison, que Dieu lui vienne en aide car elle se retrouverait plus vulnérable que jamais.

Il l'embrassa encore avant qu'elle ne puisse protester, tendrement, lui laissant le temps de s'habituer à lui. Ses lèvres se firent progressivement persuasives, jusqu'à chasser toute tension en elle. Rosalia s'était agrippée à lui, bouleversée par une vague d'émotions à la fois effrayantes et sublimes. Quand Damian descella leurs lèvres, la respiration de sa femme était haletante.

— Je tremble de l'envie de tes mains sur moi, murmura-t-il. Ne me le refuse pas.

Son corps frissonnant attestait sa sincérité.

Rosalia aurait tout donné pour le satisfaire, mais les anciennes terreurs étaient encore vivaces.

— Que se passera-t-il si tu exiges de faire l'amour ensuite ? demanda-t-elle anxieusement. Tobias essayait toujours…

Damian plissa les yeux, la dévisageant d'un air furieux.

— *Infierno*, je ne suis plus un adolescent soumis à ses

pulsions ! J'ai trente ans et l'homme que je suis comprend les limites que tu lui assignes. Je n'exercerai jamais de pression sur toi.

— Qu'as-tu fait d'autre cette dernière demi-heure, se regimba Rosalia, à part faire pression sur moi ?

— J'ai voulu obtenir ce que je te sais capable de donner, et j'en suis fier ! Fais-moi confiance, Rosalia, je sais jusqu'où aller. Si je te dis que nous pouvons faire l'amour d'une façon qui nous comblera tous deux, crois-le, acheva-t-il d'une voix frémissante de colère.

Son exigence eut pour effet de la calmer. La fierté toute espagnole de Damian lui interdisait de s'engager à la légère. La farouche promesse qui animait ses yeux de velours la touchait, revivifiant des sentiments qu'elle bridait depuis des années. Elle n'avait plus qu'à se laisser porter par cette vague de désir… quitte à s'y perdre ou s'y noyer.

Elle inspira à fond pour se donner du courage.

— Il faudra que tu me montres comment faire. J'ignore comment te donner du plaisir…

Damian soupira : comment pouvait-elle douter à ce point d'elle-même ? Il suffirait qu'elle le touche pour qu'il explose…

— Ecoute-moi, fit-il en appuyant sur les mots, espérant les graver dans son esprit. Il ne s'agit pas de *me* donner du plaisir mais de trouver du plaisir *ensemble*. Et je te garantis que nous y parviendrons.

Damian observa sur elle l'effet de sa déclaration. Le visage de Rosalia restait incertain.

— Très bien, fit-elle enfin à mi-voix.

Elle semblait se résoudre à ce qui allait suivre plutôt que l'accepter. Aussi urgente que soit son envie de la toucher, Damian tenait à s'assurer qu'elle s'engagerait totalement.

— Es-tu certaine de le vouloir, *querida* ?

Rosalia serait sienne, il en était sûr, mais ce ne serait pas le résultat d'une épreuve de force. Elle viendrait à lui de sa propre initiative, rien d'autre n'était envisageable.

Rosalia hocha la tête. Ses yeux dorés étaient embrumés.

— Je te fais confiance, Damian.

La simplicité de sa déclaration le toucha plus qu'il n'aurait voulu l'admettre.

— Je ne te donnerai pas l'occasion de le regretter, fit-il en caressant sa joue. Tu es si douce, comme de la soie…

— Oh, Damian…

Il lui fallait goûter à ses lèvres ourlées, pas simplement y poser un baiser. Il approcha son visage et, du bout de la langue, en dessina les contours. Avec un soupir, elle les entrouvrit et il s'empara de sa bouche, la savourant.

La réaction de Rosalia fut d'abord timide, mais il la titilla jusqu'à ce que sa bouche lui réponde ardemment et qu'un gémissement lui échappe.

Damian savait qu'il devait se montrer patient, persuasif. Avant de lui donner et d'obtenir d'elle ce qu'il voulait, il lui fallait vaincre ses inhibitions. Il l'embrasserait jusqu'à ce qu'elle défaille et aborde les terres de la sensualité.

Doucement, il la repoussa pour qu'elle s'allonge sur la couverture et Rosalia se laissa faire, lui autorisant cette première approche. Il la caressa d'abord timidement et, quand il la sentit onduler contre lui, sut qu'il pouvait pousser son avantage.

Sa main s'aventura sous le T-shirt de Rosalia. Le soutien-gorge qu'elle portait avait une ouverture frontale qu'il défit en un rien de temps, sans même quitter ses lèvres. Repoussant le tissu soyeux, il enroba la rondeur de son sein d'une main douce, passant le pouce sur une pointe qui déjà se dressait.

Elle gémit contre sa bouche et il comprit qu'elle revivait son excitation de la veille : elle avait été si proche du plaisir alors qu'il lui touchait simplement les seins !

Rosalia était bien plus sensuelle que toutes les femmes qu'il avait connues. Comment pouvait-elle souffrir de cette terrible affliction qui détruisait son potentiel ?

Il pressa sa poitrine généreuse, surpris de frissonner

autant à son contact. Ce n'était qu'un premier niveau de préliminaires et cependant, il se sentait excité comme rarement, lui dont l'expérience était pourtant vaste en ce domaine.

Il sentit la main de Rosalia descendre le long de son torse. Elle le toucha, timidement au début, puis un peu plus audacieusement, et il eut du mal à réfréner un gémissement. Il s'aventura jusqu'à effleurer son sexe sous le jean et, découvrant son excitation, sentit s'accroître sa frénésie.

Une caresse aussi légère que l'aile d'un papillon l'effleura et il gémit, s'arrachant à ses lèvres.

La main de Rosalia s'immobilisa.

— Cela te plaît ? demanda-t-elle, inquiète.

— Oui, souffla-t-il d'un ton rauque.

Sa réponse déclencha un sourire radieux et elle l'enveloppa aussi fermement qu'il le faisait.

— Je veux te toucher partout, Damian…

— Il n'y a rien qui me plairait autant, mais accorde-moi une faveur.

— Laquelle ? fit-elle d'une voix un peu étranglée alors que la main de Damian appuyait sur son sexe.

— Une femme possède une infinie capacité de jouissance, mais un homme met plus longtemps à récupérer…

Elle rougit, comme chaque fois qu'il abordait de front les questions sexuelles et il prit le temps d'embrasser la petite tache qui colorait sa pommette.

— Je veux absolument te voir au moment de ton plaisir mais si tu continues ainsi, c'est moi qui vais basculer le premier…

— Pourquoi tiens-tu à me regarder ? s'étonna Rosalia avec une telle ingénuité qu'il en fut suffoqué.

— Je ne peux pas oublier ton radieux tremblement d'hier. Je veux revivre cela.

Elle continua à le regarder sans comprendre.

— C'est typiquement masculin, se contenta-t-il de murmurer.

La force de ce qu'il avait ressenti demeurait un mystère qu'il restait incapable de lui expliquer.

— Bien, concéda Rosalia en retirant sa main.

Un soupir accueillit son geste, la déception le disputait au soulagement chez Damian…

— Merci, chuchota-t-il tout contre ses lèvres.

Elle ne répondit pas mais sa bouche lui offrit un cri silencieux alors qu'il appuyait et précisait sa caresse malgré l'épaisseur du jean. Elle s'arqua contre lui.

— Oh, Damian, c'est si bon…

— Délicieux, acquiesça-t-il, son autre main cherchant son sein.

Il variait ses caresses, à la recherche de ce qui la stimulerait le plus. A en croire les gémissements dont elle le gratifiait, elle aimait tout ce qu'il lui faisait ! L'insistance avec laquelle elle se frottait à lui le tétanisait.

Il aurait voulu arracher la barrière du tissu, mais devait observer une lente progression. Quand il en viendrait à caresser sa peau nue, il espérait qu'elle serait tellement excitée qu'elle en oublierait totalement l'éventualité d'une pénétration.

En attendant, il profitait de l'instant présent…

Du bout du doigt, il dessina des cercles autour de chaque mamelon, prenant soin d'éviter les pointes tendues. Avide de la voir, il se mit à remonter le T-shirt de Rosalia. Immédiatement, elle rabattit le coton sur sa peau nue.

— Que fais-tu ?

La tension de sa voix aiguillonna Damian. Cette réaction était sans doute machiste, mais les pudeurs de Rosalia lui donnaient l'impression d'initier une vierge et il aimait cela. Elle s'était montrée moins nerveuse la veille, sûrement parce qu'elle n'avait pas eu le temps de réfléchir à ce qui lui arrivait. La passion l'avait saisie à l'improviste, et rapidement submergée.

Il caressa sa main crispée sur l'ourlet du T-shirt.

— Je veux te voir.

— J'ai les seins trop gros.

— Tu es parfaite. N'oublie pas, ajouta-t-il devant son silence incrédule, que tu as promis de me faire confiance…

Il vit ses yeux s'agrandir à ce rappel mais elle se reprit et acquiesça, lâchant le tissu comme à regret. Damian lui ôta T-shirt et soutien-gorge, l'exposant nue à son regard avide. Les pointes de ses seins étaient cramoisies, contrastant avec la pâleur crémeuse de sa peau.

— Avec toi, Rosalia, la nature a créé son chef-d'œuvre.

Rougissante, elle se détourna pendant qu'il dévorait des yeux ses seins généreux mais parfaitement proportionnés. Puis, timidement, elle le regarda de nouveau et eut soudain un geste inattendu : elle se haussa sur les coudes et se cambra devant lui, s'offrant dans une posture incroyablement impudique.

— Rosalia…

Damian manqua d'air pour en dire plus.

— J'aime que tu me regardes, murmura-t-elle d'une toute petite voix.

— J'aime te regarder.

Tendant la main, il fit rouler la pointe tendue d'un sein sous son doigt.

— Et j'aime te toucher, aussi…

— C'est si bon…

La tête de Rosalia bascula en arrière et Damian saisit dans sa bouche un mamelon durci.

Avec un cri rauque, Rosalia se laissa glisser sur la couverture et il la suivit, gardant la délicieuse petite baie bien serrée entre ses lèvres.

Elle gémissait sans discontinuer et quand Damian la vit mordre le dos de sa main, son excitation grandit au point de devenir douloureuse. Elle aimait cela ? Tant mieux, lui aussi. Il se saisit alors de son autre sein pour en tourmenter la pointe.

La tête de Rosalia allait et venait sur la couverture en

mouvements incohérents. Elle couvrit la main de Damian avec la sienne, comme pour la retenir.

— C'est incroyable, Damian, souffla-t-elle. C'est comme hier…

Ce qui allait différer de la veille, songea-t-il, ce serait la conclusion. Car cette fois, il entendait bien la déshabiller entièrement avant de l'amener au plaisir.

Il commença à tirer sur son jean et elle n'émit pas la moindre protestation, sauf quand il fallut à Damian abandonner ses seins le temps d'ôter sa chemise. Sa seule plainte fut celle de sa frustration momentanée…

Gardant son jean, il glissa la main entre ses cuisses et ses doigts se frayèrent aisément un chemin dans les replis de sa féminité. Il se garda d'aller plus loin qu'une caresse légère. Une chose après l'autre, s'était-il promis…

Rosalia arrivait à peine à croire qu'il la caressait en un endroit aussi intime sans qu'elle ne panique. Mais elle était trop occupée à ne pas défaillir pour y penser… Comme une houle déferlante, une incroyable excitation la gagnait.

Sans prévenir, Damian roula sur le dos, l'entraînant avec lui. Elle se retrouva allongée sur lui, jambes écartées, et sentit la pression de son sexe sur sa chair nue. Instinctivement, elle bascula les hanches, pour maintenir le contact entre leurs corps.

Damian gémit.

Soudain immobile, elle demanda :

— Je te fais mal ?

— Non, *querida*. Continue…

Ce qu'elle fit.

— *Si. Perfecto.*

Il restait entre eux la barrière du jean de Damian, mais la sensation générée était fantastique. Rosalia ondulait éperdument contre lui.

— Damian, je voudrais…

Sa voix s'évanouit en un cri alors qu'il tirait sur la pointe d'un sein.

— Que veux-tu ? murmura-t-il à son oreille.

— Aller plus loin, mais je ne sais pas comment…

— Ne t'inquiète pas, suis-moi.

D'un coup de reins, il vint se plaquer contre elle, et mille fléchettes de plaisir assaillirent Rosalia. Instinctivement elle se raidit, alors même que son corps appelait la suite. Elle n'avait jamais connu pareille intimité…

Damian caressa son dos d'un geste apaisant.

— Tout va bien. Je suis toujours habillé, je ne vais pas te faire mal. Crois en moi.

Pour la deuxième fois, il lui demandait sa confiance. La lui retirer ne ferait que compliquer leurs relations… et elle brûlait de la lui accorder. Elle s'obligea à se détendre.

— Redresse-toi, Rosalia.

Elle obéit et se retrouva à cheval sur lui.

Il la retint d'une paume plaquée dans son dos.

— A présent, bascule en arrière.

Elle étouffa un cri lorsque sa nouvelle position la mit en contact plus étroit encore avec lui. Il roula des hanches et cette fois, elle cria sans retenue.

— C'est trop bon !

— Ce n'est rien encore. Je te veux depuis si longtemps que je compte t'épuiser de plaisir…

Cette promesse transforma son sang en une lave brûlante. Damian voulut la faire revenir vers lui pour lui mordiller un sein et ce simple mouvement déclencha sa jouissance.

Son corps se convulsa. Les spasmes de son plaisir étaient si violents qu'il lui sembla que tout se brouillait. Un instant, elle perdit conscience.

Quand elle revint à elle, elle était allongée sur la couverture, Damian penché sur elle.

Dans la langueur extatique où elle baignait, Rosalia avait l'impression que toute réalité s'était dissoute. Il n'existait plus rien en dehors d'elle et de Damian.

— Je veux te voir, murmura-t-il d'une voix rauque,

vibrante de la retenue qu'il s'imposait. Te voir et te goûter toute. As-tu suffisamment confiance en moi, *mi esposa* ?

Pour la première fois, le titre d'épouse qu'il lui donnait apparut à Rosalia comme plausible. Peut-être pas tout de suite mais un jour…

— Oui, Damian.

— Alors détends-toi.

Elle ne s'était jamais offerte ainsi aux regards d'un homme, mais après le plaisir qu'il lui avait donné, elle ne se sentait pas le droit de se dérober.

D'ailleurs, le regarder faire était terriblement excitant. L'expression de Damian était intense, brûlante de désir.

Soudain, elle sentit un resserrement trop familier au cœur de ses entrailles. Non, pas cette fois ! C'était trop injuste. Damian l'avait portée au pinacle du plaisir et son corps se refusait à un simple regard ? Elle sut qu'il s'en fallait de quelques secondes pour qu'elle ne se ferme hermétiquement.

Des pleurs noyèrent ses yeux.

Il dut prendre conscience de son désarroi et revint vers elle.

— Qu'y a-t-il, Rosalia ?

Elle se détourna, désespérée.

— Ça revient…

— La contraction de tes muscles ? Ton corps se referme ?

— Oui…

Elle voulut chasser ses larmes en clignant des paupières, mais les pleurs roulèrent sur ses joues.

D'une main, Damian les effaça.

— Est-ce que c'est douloureux ?

— Non.

Pas physiquement, mais la conscience de son incompatibilité la dévastait.

— Tu en es certaine ? Tu ne dis pas cela pour me faire plaisir ?

— Non, je te l'assure. Ce ne serait douloureux que si tu cherchais à me pénétrer.

Le sourire de Damian se teinta de soulagement.

— Alors, tu n'as aucun souci à te faire. Nous savions que cela arriverait, *es verdad, mi mujer* ?

— Oui, mais…

Il posa un doigt autoritaire sur ses lèvres.

— Chut… Du moment que tu ne souffres pas, je ne veux même pas que tu t'en occupes, *comprendes* ?

Sa défaillance n'avait pas l'air de le fâcher… Rosalia parvenait à peine à y croire.

— Rosalia ? reprit-il face à son silence médusé. Tu me fais confiance, n'est-ce pas ?

Elle hocha la tête.

— Oui, Damian. Je vais faire de mon mieux pour l'oublier.

Le regard de Damian la réchauffa de son approbation et elle se jeta à son cou, heureuse d'être serrée dans ses bras puissants.

Quand il la sentit apaisée, il rompit leur étreinte et descendit le long du corps de Rosalia, laissant à chaque étape la trace de ses baisers. Elle crut défaillir : c'était trop !

Elle voulut l'arrêter mais il secoua la tête, lui décochant un regard plein d'expérience amusée.

— J'ai à peine commencé, annonça-t-il. Je vais te toucher, rien de plus, je ne tenterai absolument pas de te pénétrer.

Elle acquiesça d'un signe de tête, incapable de la moindre parole. Son souffle se nouait dans sa gorge. Il ne saurait jamais le courage qu'il lui fallait pour le laisser faire, lui permettre cette intimité, mais elle lui avait accordé sa confiance…

Il suivit du doigt les contours extérieurs de sa féminité, sans tenter d'autre intrusion.

— Savais-tu qu'autour de ce que tu protèges si bien, les tissus sont encore plus sensibles qu'à l'intérieur de ton corps ? lui demanda Damian.

— Non, je ne…

Elle ne put continuer car il la caressait si délicatement qu'elle se sentait fondre. Elle se mit à bouger pour accroître le délicieux tourment.

Il sourit.

— Qu'est-ce que tu veux ? Cela ?

Il l'effleura une fois, puis deux. Le plaisir était plus intense qu'elle n'aurait jamais pu l'imaginer. Aucun homme ne l'avait touchée ainsi, et elle ne s'était jamais sentie aussi impudique.

Damian savait exactement quelle pression exercer et où, combien de temps devait durer chaque caresse, comme s'il connaissait le corps de Rosalia mieux qu'elle-même. C'était… incroyable, presque effrayant, et merveilleusement dévastateur.

— Damian, je t'en prie !

Il ne pouvait consommer l'acte sexuel, mais il ne pouvait non plus la laisser sans délivrance !

Alerté par son cri, il posa la main en coupe sur son intimité secrète, comme s'il voulait la protéger. La délicatesse de son geste toucha Rosalia au cœur. Il saurait quoi faire sans la brusquer, elle en était persuadée. Doucement, Damian se remit à la caresser, exacerbant sa tension à l'en faire crier.

— Il faut que je te goûte…

Elle n'eut pas droit à d'autre avertissement, l'instant d'après, sa langue l'effleurait.

Rosalia jeta son prénom d'une voix étranglée, comme un appel à l'aide contre les peurs qui la tenaillaient. Mais Damian eut bien garde de rompre sa promesse et sa caresse resta douce, tendre, jusqu'à ce qu'elle referme les jambes autour de lui, comme pour l'emprisonner en elle.

— Encore…, gémit-elle.

Il sentit qu'il pouvait s'aventurer plus loin et étendit sa caresse jusqu'aux abords de la zone interdite. Rosalia frissonna d'excitation. Il avait raison, elle était incroyablement sensible à cet endroit.

La bouche de Damian se referma alors sur elle : il faisait exactement ce qu'il avait annoncé, il la goûtait.

Elle bascula les hanches pour se sceller à ses lèvres.

— Damian, je n'en peux plus, c'est trop ...

Il l'ouvrit davantage à la force de son plaisir et Rosalia, glissant les mains dans ses cheveux, le plaqua à elle, au bord du délire. Il suffit à Damian de saisir entre ses dents le bourgeon gonflé, ultrasensible pour la faire exploser. Elle cria et il lui sembla que tout son être se dissociait en écho. Son corps secoué de tremblements aurait voulu se replier sur lui-même, mais Damian ne l'entendait pas ainsi et prolongea le plaisir jusqu'à l'extase. Rosalia se mit à sangloter.

— Damian, s'il te plaît !

Alors seulement il s'arrêta et elle put s'effondrer sur la couverture.

Il embrassa l'intérieur de ses cuisses.

— *Querida*, tu es merveilleuse...

Elle ne put se retenir de tendre la main vers lui. Il fallait qu'elle le touche.

— C'est toi qui es merveilleux. C'était... Il n'existe pas de mot pour décrire ce que tu m'as donné.

Il saisit sa main pour en embrasser la paume.

— J'en suis heureux.

Il revint s'allonger près d'elle, calmant de baisers les derniers soubresauts de son corps.

— Mais toi ? fit-elle, soudain inquiète au milieu de la bienheureuse lassitude qui l'envahissait.

— Plus tard...

— Non ! Maintenant.

Elle voulait le toucher, lui rendre au moins une partie de ce qu'il lui avait procuré.

— Tu es sûre ?

Elle hocha la tête, trop émue pour pouvoir parler. Damian

s'était soucié d'elle plus que de lui et sa délicatesse lui donnait toute confiance.

— Bien… Je vais m'allonger sur toi mais je ne serai jamais en toi, tu me crois ?

— Oui, murmura-t-elle avant qu'il ne prenne sa bouche avec ardeur, témoignant de toute la retenue qu'il exerçait sur lui-même.

Elle se perdit dans l'émerveillement de son baiser.

Quand il l'interrompit, ce fut pour se déshabiller à son tour, révélant son désir au regard de Rosalia. Il la laissa apaiser la soif qu'il lisait dans son regard puis enlaça son corps au sien, sans même une barrière de tissu pour les séparer.

Rosalia s'obligea à rester détendue et il se mit à bouger contre elle, sans chercher à la pénétrer. Son corps se relaxa, elle enlaça Damian et noua les jambes aux siennes, s'ouvrant à lui autant qu'il lui était possible. Elle épousa son corps et se mit à bouger avec lui, en un rythme vieux comme le monde et pour elle entièrement nouveau.

Dans ses bras, elle était une pionnière défrichant un terrain inconnu et elle le faisait avec ferveur, prête à tout réinventer.

Damian sentit qu'il allait perdre le contrôle de lui-même et l'accord muet de Rosalia le propulsa dans des contrées dont il n'était plus maître. Il s'abandonna et soudain, plus rien n'eut d'importance.

Son corps se tendit et il explosa avec une force qu'il lui parut découvrir.

Instantanément, Rosalia le suivit dans le plaisir, arquant son corps contre le sien.

— C'était miraculeux, lui murmura-t-elle à l'oreille.

Elle chercha sa bouche et Damian s'abandonna à la saveur de son baiser aussi longtemps qu'il l'osa. Sentant son excitation revenir, il préféra s'écarter.

Rosalia soupira d'aise.

— C'était bon…

Damian sourit. Elle avait besoin de repos, à présent, pas d'une nouvelle expérience. Il se leva, l'entraînant avec lui vers la piscine naturelle que formaient les rochers. Il l'aida à entrer dans l'eau et la lava doucement. Même après ce qui venait de se passer entre eux, son geste l'embarrassa et elle rougit.

— Ton innocence me fascine, cette façon de rougir…

Il suivit du doigt sa gorge, puis le contour de son sein rosi. Il se sentait soudain léger, plein d'espoir. Il n'avait aucune raison de s'en inquiéter, ce n'était que l'expression de la détente de sa tension sexuelle, mais la sensation était agréable et il décida d'en profiter.

— Je n'ai jamais vu une femme rougir de tout son corps, termina-t-il d'un ton taquin.

Elle lui répondit avec une grimace amusée.

— Tu n'as sans doute jamais fait l'amour à une femme de vingt-quatre ans dotée de moins d'expérience que la plupart des collégiennes…

La vulnérabilité de Rosalia ajoutait à son charme.

— En tout cas, je trouve très plaisant de faire l'amour à une quasi vierge.

— Je ne le suis pas vraiment, tu le sais bien…

— Tu n'avais jamais reçu ce type de plaisir d'un homme avant moi. C'est une forme de virginité et je suis extrêmement flatté de t'avoir initiée.

— Initiée ? Ne serais-tu pas un peu machiste sous tes dehors sophistiqués ? s'irrita Rosalia, mi-contrariée, mi-amusée.

Il prit avant de répondre le temps de contempler les contours de son corps sous l'eau claire.

— Si, sûrement.

— Et ça ne te gêne pas ?

— Pourquoi le serais-je ? Tobias Kennedy n'avait sûrement rien d'un machiste, mais n'a pas su découvrir les secrets de ton corps.

Il enregistra sa réaction, un mélange d'amusement et

de colère. Au moins, elle n'était pas nerveuse, ni gênée d'être nue en sa compagnie et il aimait cela.

— Tu es un monstre d'arrogance ! lança-t-elle, accompagnant sa déclaration d'une grande claque à la surface de l'eau qui l'éclaboussa en plein visage.

La bagarre qui s'ensuivit se termina en éclats de rire. Damian, en aidant Rosalia à sortir de l'eau, éprouvait une sensation bizarre, comme s'il venait de retrouver au fond de lui-même quelque chose d'incroyablement précieux, depuis longtemps perdu.

7.

Rosalia, de nouveau habillée, reposait sur la couverture, les cheveux humides bouclant autour de son visage. Damian avait enfilé son jean mais pas sa chemise et elle laissa son regard caresser sa poitrine bronzée. Ils venaient de déguster le pique-nique qu'il avait emporté dans son sac à dos et un agréable silence s'était installé entre eux.

Rosalia réfléchissait. Non seulement cet homme avait bousculé tout ce qu'elle croyait savoir de la sexualité, mais il semblait espérer des enfants, contre tout espoir. Il allait vers une amère désillusion, et elle vers un terrible chagrin ! Inexplicablement, elle se sentait pourtant heureuse, satisfaire son mari était pour elle une gratifiante découverte.

— Grand-père dit que ta famille est de la région, commença-t-elle.

Elle ne pouvait résister à l'envie d'en savoir plus sur cet homme merveilleux.

Le visage de Damian se ferma instantanément. Comment pouvait-il changer d'humeur si rapidement ?

— C'est exact, répondit-il, le regard dur.

— Ils n'étaient pas au mariage.

— Ils n'ont jamais voulu me reconnaître.

Son grand-père lui en avait parlé, mais jusqu'à présent, elle ignorait l'étendue du rejet dont Damian avait souffert.

— C'est pour cela que j'ai quitté l'Espagne, espérant faire fortune à New York, poursuivit-il.

— Cela a dû être difficile de tout laisser derrière toi…

— Non. Je voulais partir, oublier que j'avais une famille. Mon père est mort quand j'avais seize ans, après avoir refusé de reconnaître sa paternité et de me laisser son titre. Ma mère a bien tenté de se battre en justice et même si nul n'ignorait la vérité, il avait la loi et l'argent de son côté. Ma pauvre mère ne pouvait pas même s'offrir un bon avocat… Sa requête n'avait aucune chance d'aboutir. Pendant des années, j'ai rêvé de gagner assez d'argent pour lui offrir une vie plus facile et récupérer mon titre.

— Pourquoi ne l'as-tu pas fait ?

— Quand elle est morte, j'ai compris que cette revanche ne rimait à rien. Personne ne pourrait lui rendre ce dont mon père l'avait privée, c'était trop tard.

Rosalia observa Damian avec admiration. Elle enviait son détachement. Il fallait beaucoup de sagesse et une grande force pour avoir le courage de tourner le dos à une vengeance.

— Quant à ce dont j'avais été privé, reprit Damian, j'ai su que je devais le chercher par moi-même.

— Et c'était… ?

— Une famille.

— Je ne pourrai pas te la donner, murmura-t-elle en un souffle.

— Mais tu l'as déjà fait. Kaylee et toi êtes ma famille.

Rosalia se mordit la lèvre pour s'obliger à se taire et ne pas gâcher la chaude intimité qu'ils partageaient maintenant. Mais à son avis, une belle-fille et une femme incapable d'accomplir son devoir conjugal ne constituaient pas une vraie famille…

Elle préféra changer de sujet.

— A propos de Kaylee… Je ne m'attendais pas à rester ici plus de vingt-quatre heures et je n'aime pas être séparée d'elle.

Ses paroles semblèrent évacuer la tension de Damian et il sourit.

— Je m'en doutais… Je l'ai envoyée chercher après

notre discussion de ce matin. A l'heure qu'il est, elle doit être en train de faire connaissance avec Juana et Carlos.

Il avait vu juste et lorsqu'ils regagnèrent la maison, ils trouvèrent la fillette et Juana affairées dans la cuisine, les mains dans la farine.

Kaylee, enroulée dans le grand tablier de Juana, sourit joyeusement, une étincelle d'excitation dansant dans ses yeux bleus.

— Tu as vu, maman, Juana veut bien que je l'aide à faire la pâte !

Elle montra sa propre boule, maladroite et irrégulière à côté de celle de Juana, mais Kaylee semblait si fière que Rosalia la félicita.

— C'est bien, ma chérie. Et que préparez-vous de bon ? demanda-t-elle, s'approchant en souriant.

— Une tarte. On va mettre des cerises dessus !

— Mmm… Appétissant.

— *Si*. Je me régale déjà.

Damian s'approcha à son tour et posa une main possessive sur la taille de Rosalia.

Le sourire de Kaylee s'élargit.

— Tu es mon papa, maintenant, *Señor* Damian ?

— *Si*. Tu peux m'appeler papa, tout simplement. Cela te convient ?

— *Si* !

Kaylee bondit dans les bras de Damian et celui-ci la serra contre son cœur sans se soucier de la farine dont elle maculait sa chemise.

A voir sa fille si heureuse, Rosalia comprit qu'elles seraient deux à pleurer quand Damian reprendrait sa liberté. La santé de Kaylee se paierait au prix fort, celui du chagrin… Mais à cela, la fillette pourrait survivre, pas à la cavité qu'elle avait dans le cœur.

*
* *

Damian prit rendez-vous avec l'un des meilleurs spécialistes du cœur, dans un centre de recherches à Seattle. Quelques jours plus tard, ils étaient tous trois en route à bord du jet privé de Damian.

Kaylee adorait les avions et débordait d'enthousiasme à l'idée de ce trajet. Quand le pilote lui proposa de s'installer en cabine avec lui, la fillette ne put contenir sa joie et sauta sur son siège, battant frénétiquement des mains.

— Comment les enfants peuvent-ils receler de tels trésors d'énergie ? s'enquit Damian dans un soupir, de retour de la cabine où il venait d'accompagner Kaylee.

— Cela montre que Dieu a le sens de l'humour, répliqua Rosalia en souriant alors que Damian reprenait place à côté d'elle. Il donne des enfants inépuisables aux parents épuisés.

Damian tourna vers elle un regard prédateur, tout de mâle sensualité.

— Tu ne m'as pas semblée si facile à épuiser hier soir…

Se rappelant leurs ébats, elle rougit.

— C'est plutôt toi qui es insatiable…

Il rit sous cape et se pencha vers elle, l'enveloppant d'une tiède aura.

— Préférerais-tu le contraire, *mi esposa* ?

— Non. Tu es un homme extraordinaire, Damian, dans l'intimité et ailleurs.

Elle avait parlé spontanément mais après réflexion, elle ne regretta pas ces paroles venues du fond du cœur.

L'homme qui traversait l'Atlantique avec elle possédait une double personnalité : le négociateur inflexible qui exigeait d'elle l'exécution d'un contrat et le compagnon plein de charme, adoré par sa fille, et qui n'était pas loin de ravir son cœur…

Peut-être son grand-père avait-il raison quand il décrivait Damian comme impitoyable « si nécessaire ».

Rosalia souscrivait aux volontés de son mari, il n'était donc pas nécessaire qu'il se montre inflexible… La docilité dont elle faisait preuve était récompensée par l'attention et la considération que lui offrait Damian et c'était loin d'être désagréable.

Dès leur arrivée à Seattle, Damian déposa sa famille dans une résidence-hôtel de grand luxe : deux chambres, un salon et une kitchenette ainsi qu'un service à l'étage. Rosalia apprécierait le confort et l'atmosphère chaleureuse de cet appartement privé.

Il avait souhaité que Rosalia dispose d'une femme de chambre et puisse se faire servir les repas si elle le désirait. Dans ce moment difficile pour elle et sa fille, il voulait leur faciliter la vie.

Le soir même, Kaylee voulut qu'il lui lise une histoire avant de s'endormir et il n'hésita pas à repousser un appel professionnel urgent afin de satisfaire l'enfant.

Quand la fillette fut endormie et le coup de fil donné, il chercha Rosalia et la trouva dans la kitchenette. Elle portait un déshabillé de satin caramel que l'éclairage tamisé du comptoir rendait presque transparent.

Un désir brûlant le submergea, aussi violent et soudain qu'un raz de marée. Le corps de Rosalia lui appartenait, mais il ne s'agissait pas que de cela. Elle était sienne tout entière. S'en rendait-elle compte ? Avait-elle compris qu'en dehors de tout marché, de tout contrat, un lien précieux s'était forgé entre eux ?

Elle leva les yeux du pot fumant de chocolat chaud qu'elle préparait.

— J'ai fait du chocolat, tu en veux ?

— Du chocolat ?

— Oui, tu sais bien, répliqua-t-elle d'un ton taquin, cette boisson à base de cacao en poudre, de lait, de sucre… et d'un autre ingrédient que je garde secret pour ne pas me faire voler mon titre de reine incontestée du chocolat chaud !

— Seigneur, je ne voudrais pas être à l'origine d'une telle catastrophe, répondit Damian avec un clin d'œil complice.

Elle était si différente de toutes les femmes qu'il avait connues. Elle n'avait rien d'une enfant gâtée et on avait du mal à croire qu'elle puisse être la petite-fille de l'influent *Conde*.

— Kaylee t'en voudrait à mort… J'ai promis de lui transmettre la recette pour son seizième anniversaire.

Damian s'approcha et, par-dessus l'épaule de Rosalia, huma le riche arôme mêlé à sa fragrance fleurie.

Il enfouit le visage dans son cou.

— Ça sent bon…

— Le chocolat ou moi ? fit-elle d'une voix un peu plus rauque qui ne manqua pas de l'exciter.

— Les deux, *querida*… Je sens le parfum d'une femme douce et sensuelle, et celui du chocolat où je devine quelques notes de cannelle.

— Chut ! fit-elle en lui fermant la bouche avec une mimique d'inquiétude amusée. C'est l'un des ingrédients secrets, si on nous espionnait…

— Bientôt, tu n'auras plus de secret pour moi, *mi mujer*…

Elle laissa aller sa tête en arrière pour lui offrir un meilleur accès au tendre vallon de sa gorge et Damian, encouragé, y posa ses lèvres chaudes. Rosalia n'avait plus rien d'une biche aux abois quand il l'approchait. Ce progrès le rendait heureux, mais il restait bien du chemin avant que ses limites puissent être franchies. De l'avis de Damian, il n'y avait rien là d'inguérissable, mais tant qu'elles existeraient, Rosalia se considérerait comme déficiente. Damian avait commencé à se renseigner et le résultat de ses recherches était encourageant. Il avait d'ailleurs prévu de prendre rendez-vous avec un spécialiste des dysfonctionnements sexuels ici même à Seattle.

— Tu en sais déjà plus sur moi que n'importe qui,

murmura Rosalia, et tu as fait bon usage du secret que je t'ai confié. Grâce à toi, j'ai compris que tout plaisir sexuel ne m'était pas interdit et…

Elle s'interrompit, comme si elle se préparait à une déclaration difficile.

— … et je voulais t'en remercier.

Sa gratitude le mit presque mal à l'aise. Il n'était pas sûr d'en mériter la moindre part, tant il avait pris de plaisir avec elle.

— Tu n'as pas besoin de me dire merci. Nous avons partagé des instants merveilleux, voilà tout. C'est mon privilège de te donner du plaisir… et cela compense peut-être un peu le sacrifice que tu as fait de ta liberté. Chacun de nous donne quelque chose à l'autre.

— Je n'ai pas l'habitude de ce genre de troc, rétorqua Rosalia, se raidissant visiblement.

Damian eut un sourire sans joie.

— Moi si… J'ai épousé ma première femme pour les titres qu'elle pourrait transmettre à nos enfants, si nous en avions. Mais ton grand-père m'a ouvert les yeux sur elle. Bien sûr, elle attendait de moi une aisance matérielle, mais elle m'avait caché que sa famille était au bord de la faillite. Son père s'était laissé aller à des malversations et devait comparaître devant un tribunal. Je me suis donc séparé d'elle, en remerciant Benedicto de son aide.

Rosalia l'avait écouté attentivement et elle lui décocha un regard incrédule.

— Après toutes ces années passées aux Etats-Unis, tu es encore attaché à ce que représente un titre ?

Damian haussa les épaules.

— Il faut croire que je reste très espagnol dans le fond…

C'était donc pour lui une affaire de fierté, en conclut-elle.

— Notre mariage repose sur les mêmes bases que le précédent, non ?

— Pas exactement, puisque ton grand-père m'a consenti

un de ses titres mineurs. Il lui fallait pour cela une dispense qu'il a obtenue du roi.

— Tu veux dire que tu es à présent… *Don* Marquez ?

— *Si.*

— Et cela te rend heureux ?

— Disons que je m'en trouve satisfait… Mais le fait que Kaylee m'appelle papa me donne bien plus de satisfaction, s'empressa-t-il d'ajouter, surpris lui-même de cette constatation.

Pensive, Rosalia versa deux tasses de chocolat chaud, qu'elle décora d'une cuillerée de crème fraîche.

— Tu étais né pour être père, fit-elle d'une voix atone qui inquiéta Damian.

— Est-ce que tu te reproches encore de ne pas pouvoir me donner d'enfant, Rosalia ?

— Tu ne peux pas prétendre que ce soit un détail accessoire. Les enfants faisaient partie du contrat : tu veux qu'ils reçoivent les titres et la place que la société espagnole t'a refusés.

Damian ne pouvait dire le contraire, mais, si par malheur elle ne portait pas d'enfant, il n'abandonnerait pas Rosalia pour autant. Sa femme faisait de son mieux pour honorer ses obligations, il comptait respecter les siennes.

Du bout des lèvres, il goûta le chocolat fumant, puis en prit une seconde gorgée, plus longue, cette fois.

— C'est délicieux, fit-il, heureux de pouvoir changer de sujet.

Rosalia sembla se dérider.

— Ouf ! Tu me soulages, répliqua-t-elle en essuyant son front du dos de la main. Je craignais que mes talents culinaires soient trop minces pour t'impressionner…

— Il y a bien d'autres choses en toi qui m'impressionnent.

Il sourit, ravi qu'elle s'amuse à le taquiner malgré la gravité des sujets qu'ils venaient d'aborder. Aucune femme n'avait osé avant elle user d'une telle liberté de ton.

— Tu as une moustache de chocolat, *querida*…

— Peut-être voudrais-tu me la nettoyer ? suggéra-t-elle avec une fausse innocence qui le ravit.

Rosalia lui répondait merveilleusement quand ils faisaient l'amour, mais jusqu'à présent avait rarement pris l'initiative. Damian fut touché de la voir bousculer, pour lui plaire, la zone de confort dans laquelle elle se retranchait encore souvent. Qu'est-ce qui poussait Rosalia à se soucier ainsi de lui ? Sa générosité naturelle, la gratitude qu'elle éprouvait pour Kaylee ou une simple réaction au plaisir physique qu'il lui donnait ? Ce n'était sans doute pas le meilleur moment pour se poser ces questions et Damian s'approcha à la toucher.

— Cela me plairait beaucoup, en effet.

Il lécha la crème qui bordait sa lèvre et quand la bouche de Rosalia vint rejoindre la sienne, il oublia tout ce qui le préoccupait.

Le rendez-vous chez le cardiologue de Kaylee se passa parfaitement. Rosalia s'efforçait de cacher son inquiétude et la présence de Damian, qui avait décommandé tous ses engagements, fut pour l'enfant comme pour sa mère un grand réconfort. Le spécialiste confirma le diagnostic de son confrère du Nouveau-Mexique, mais suggéra un protocole bien moins lourd. Il s'agissait d'un nouveau type d'opération qui ne se déroulait plus à cœur ouvert et Kaylee récupérerait bien plus rapidement.

Rosalia sentit se desserrer l'étau qui l'oppressait depuis des mois. Le médecin avait toute confiance : l'opération se pratiquait dans son établissement depuis deux ans et ils n'avaient enregistré aucun échec.

Le médecin confia ensuite Kaylee à une infirmière qui l'emmena prendre une glace à la cafétéria de l'hôpital, puis se tourna vers Damian et Rosalia.

— Nous pouvons programmer son entrée la semaine prochaine.

— Et elle ne restera hospitalisée que deux jours ? demanda Damian.

— C'est cela. Bien sûr, son activité sera limitée pendant quelques semaines. Avant de reprendre l'avion, je vous demanderai de demeurer à Seattle quatre ou cinq jours.

— Pas de problème.

Rosalia se tourna vers son mari en souriant. Pour Damian, il n'y avait jamais de problème. Tel un magicien, il réalisait des miracles. Il était merveilleux d'avoir dans sa vie un homme aussi solide, qui la soutenait. Son mariage lui apportait bien plus que la sécurité financière, songea Rosalia.

Damian régla les problèmes administratifs pendant que Rosalia retournait voir sa fille et visitait avec elle le département de cardiologie.

— Alors je vais être opérée, maman ? demanda la fillette.

— Oui, ma puce, mais tu te porteras beaucoup mieux après.

— Et tu ne pleureras plus quand tu crois que je suis endormie ?

Emue aux larmes, Rosalia serra sa fille contre son cœur.

— Non, ma chérie, non, c'est promis.

Kaylee lui planta un gros baiser sur la joue.

— Alors, c'est bien. Je t'aime, maman.

De retour à la résidence, Kaylee s'installa devant des dessins animés et Damian en profita pour prendre Rosalia à part, lui suggérant d'appeler son grand-père.

— Appelle-le si tu veux, rétorqua celle-ci, mais en ce qui me concerne, je n'ai rien à lui dire.

Elle n'avait ni oublié ni pardonné la machination ourdie en jouant sur la santé de sa fille. Elle lui avait demandé son aide et son grand-père l'avait utilisée à son profit. Qu'il n'ait pas eu l'argent nécessaire était sans doute une réalité, mais, au lieu d'aider Rosalia à trouver une solution, il lui avait imposé de servir ses intérêts.

— Benedicto ne voulait que ton bien, plaida Damian.

— Est-ce vouloir mon bien que d'utiliser ma fille comme instrument de chantage ?

— Au final, le résultat n'est pas si mauvais, ne crois-tu pas ?

Rosalia n'osait formuler le fond de sa pensée. Comment faire comprendre à Damian sans le vexer que dans ce cas précis, la fin, pour satisfaisante qu'elle soit, ne justifiait aucunement les moyens ?

D'ailleurs, cette parenthèse heureuse ne durerait pas. La bulle allait crever. Et ce jour-là, sa fille souffrirait autant qu'elle. Damian ne s'en rendait sans doute pas compte, mais Rosalia savait ce qui les attendait.

Même si leurs expérimentations sexuelles étaient fabuleuses, Damian se lasserait un jour de cette fusion imparfaite. Son désir d'enfants tournerait alors à l'obsession… Rosalia baissa les yeux. L'appréhension de ce jour ombrageait ses instants les plus doux.

— Notre mariage est plutôt une réussite, jusqu'à présent, concéda-t-elle, incapable d'avouer qu'elle s'attendait chaque jour à le voir tourner les talons.

Il perçut sa réserve et rétorqua d'un ton dur :

— Donc, tu te considères toujours comme la victime de ton grand-père et de mon insistance à te garder pour femme ?

Le téléphone portable de Damian les interrompit et Rosalia poussa un soupir de soulagement. Qu'aurait-elle pu répondre qui ne le blesse pas ?

Elle était encore en colère contre son grand-père, mais pas contre Damian, qui se voyait marié à elle pour la vie. Il ne mesurait pas le poids de sa déficience sur la stabilité de leur couple.

Rosalia le suivit des yeux pendant qu'il s'éloignait et comme souvent, elle sentit son cœur se serrer. Si elle ne se connaissait pas mieux, elle aurait pu se croire amoureuse de cet homme impossible.

La nuit tombée, après une douche commune, Damian l'entraîna vers le lit pour lui faire l'amour et Rosalia succomba à l'ouragan passionné que déclenchaient toujours ses caresses. Soudain, au comble de l'excitation, elle sentit sa caresse se faire plus intrusive et une exultation extraordinaire la submergea. A peine avait-elle eu le temps de savourer cette joie profonde que sa chair la trahit, se refermant comme un étau…

Un violent sanglot la secoua.

— Je n'y arrive pas !

Il se retira doucement, très attentif à ne pas la blesser et Rosalia, désespérée, lui tourna le dos et se pelotonna en position fœtale. A quoi bon lutter ?

Mais Damian n'entendait pas abandonner la partie.

Il retourna Rosalia vers lui.

— Je n'en ai pas fini avec toi…

— Mais je ne suis bonne à rien, Damian ! Je le sais, tu le sais, alors à quoi bon ?

— Je te veux, Rosalia.

— Tu ne pourras jamais m'avoir toute à toi !

Damian ne prit pas la peine de lui débiter les platitudes que Tobias avait avancées jusqu'à ce qu'il se lasse et exige le divorce. Il était trop honnête pour cela, et se contenta de l'embrasser de nouveau, soufflant sur les braises de sa passion jusqu'à ce que Rosalia, de nouveau enflammée, ne songe plus qu'à ses caresses.

Ce qui était en soi un miracle.

8.

Les jours suivants, Damian fit découvrir Seattle à Rosalia et Kaylee, cherchant à occuper leur esprit avant l'hospitalisation. La veille, cependant, il ne put se soustraire à ses obligations professionnelles.

— Je serai vite de retour, *querida*, assura-t-il au moment de quitter Rosalia.

Elle soupira, émettant pour la première fois quelque chose qui ressemblait à une plainte.

— Je m'étais crue en voyage de noces et j'avais l'impression que ça allait durer toujours ! Mais je ferais mieux de te remercier du temps que tu nous accordes. J'imagine que tes affaires à New York te réclament depuis longtemps…

Pour rien ni personne au monde, son grand-père n'aurait passé plusieurs jours loin de son bureau !

— Il n'était pas question de te laisser affronter pareille épreuve seule avec ta fille. Cela aurait été de la négligence.

De la négligence ? Il envisageait donc cela sous l'angle du devoir… Rosalia se sentit glacée. En cela comme pour le reste, Damian exécutait les termes du contrat. Les sentiments n'entraient pas en compte mais il s'y prenait si habilement que parfois, elle se laissait tromper et croyait à sa tendresse.

— Va donc faire du shopping avec ta fille, reprit-il sans remarquer le raidissement de Rosalia, mais ne vous fatiguez pas trop car ce soir, nous avons de la visite.

— Pardon ? Mais nous ne connaissons personne ici !

— Ta mère et ton grand-père se sont spécialement déplacés.

Rosalia sursauta.

— Grand-père est ici ? Tu veux dire que… tu l'as invité ? Sans rien me demander ?

Damian eut un geste fataliste.

— Benedicto n'est pas du genre à demander la permission, tu devrais le savoir, *querida.* Quand j'ai su qu'ils venaient, ils étaient déjà dans l'avion…

Rosalia passa une journée éprouvante. L'idée de revoir sa famille la démoralisait. Elle avait créé une bulle d'intimité avec sa fille et Damian, qu'elle n'entendait pas partager. Mais que pouvait-elle faire d'autre ? D'ici quelques heures, son grand-père serait ici. Elle suivit le conseil de Damian et emmena Kaylee s'acheter une poupée ainsi qu'une belle chemise de nuit pour l'hôpital. Quant à elle, le cœur n'y était pas et d'ailleurs, même en temps normal, elle avait du mal à dépenser un argent qu'elle ne considérait pas comme le sien. Damian l'y avait plusieurs fois encouragée, en vain.

Damian revint le soir en compagnie de Benedicto et Maria-Amelia, mais lorsqu'ils entrèrent dans l'appartement, seule Kaylee était dans le salon. Elle jouait sur le tapis et bondit pour embrasser sa grand-mère et Benedicto, ravie d'avoir de nouveaux admirateurs à qui montrer sa poupée.

Le babil de l'enfant meubla les premières minutes, mais Damian ne voyait pas venir Rosalia. Son retard avait sans doute pour but de marquer son déplaisir à l'arrivée inopinée de sa famille. Il allait s'enquérir d'elle lorsqu'elle arriva, vêtue d'une robe noire très élégante dans sa simplicité et maquillée plus qu'à l'ordinaire.

Elle se dirigea directement vers sa mère pour l'embrasser.

— Bonsoir, maman. Quelle surprise de vous voir ici, je ne savais pas que vous aviez prévu ce voyage.

Sa mère lui rendit son étreinte avec chaleur.

— Je voulais être à ton côté demain.

— Il n'était pas question que nous ne soyons pas près de toi, ajouta Benedicto. Tu aurais pu t'en douter.

Rosalia se raidit au son de sa voix, mais plaqua un sourire de circonstance sur son visage.

— Bonsoir, grand-père. Merci d'avoir amené maman.

Il n'y eut que Kaylee dans la pièce pour ne pas remarquer la froideur de son accueil.

— Je tenais vraiment à être présent, moi aussi, Rosalia, précisa son grand-père.

Rosalia eut un mouvement dubitatif du menton et se tourna vers sa fille.

— Je vais t'aider à passer ta robe, chérie. Nous allons au restaurant ce soir.

Kaylee afficha une mine boudeuse.

— Maman, il faut vraiment que je mette une robe ?

Elle avait l'air si dépité que Damian eut du mal à ne pas rire. Telle mère, telle fille… Il avait été étonné de voir Rosalia si habillée ce soir.

— Pour faire plaisir à ta grand-mère, mon cœur.

Maria-Amelia proposa son aide au grand ravissement de Kaylee qui en oublia sa contrariété et les trois femmes passèrent dans la chambre, laissant les hommes dans le salon.

— Tu disais que vous vous entendiez bien, commença Benedicto dès qu'elles eurent tourné les talons.

— C'est le cas.

— Alors, comment se fait-il qu'elle m'en veuille toujours ?

Damian n'était pas sûr de détenir la réponse.

— Je présume qu'elle vous en veut d'avoir utilisé comme argument la santé de sa fille.

— Croyait-elle que j'allais faire apparaître l'argent par miracle ? rétorqua le vieil homme d'un ton chagrin.

Damian se contenta de regarder Benedicto dans les yeux et celui-ci parut soudain mal à l'aise.

— D'accord, avoua-t-il, j'aurais pu trouver une solution, mais je voulais vous marier, bon sang ! Et puisque votre couple marche, pourquoi m'en tient-elle rancune ? Tu ne m'en veux pas, toi.

— En ce qui me concerne, c'est un peu différent. Vous n'avez pas fait pression sur moi, Benedicto, bien que vous m'ayez manipulé. La fierté de Rosalia a souffert de vos procédés. Elle pouvait attendre autre chose de son grand-père, non ?

Benedicto se retrancha derrière un grommellement et Damian préféra abandonner le sujet pour le moment. Ils avaient suffisamment à débattre de leurs affaires pour que la conversation ne tarisse pas jusqu'au retour des trois femmes.

Rosalia envoya ses chaussures à l'autre bout de la pièce et se débarrassa de sa robe. Kaylee s'était endormie dans le taxi qui les ramenait du restaurant et Damian s'était proposé pour la coucher. Elle avait accepté avec gratitude : elle ne tenait plus debout, épuisée par l'exercice d'hypocrisie sociale auquel elle avait dû se livrer toute la soirée. Il avait fallu sourire, feindre une sérénité qu'elle ne ressentait pas… Elle se demanda si une douche bien chaude arriverait à la détendre assez pour qu'elle trouve le sommeil.

Ses bas glissèrent, allant rejoindre à terre la robe qu'elle n'avait pas eu le courage de ramasser.

Comment Damian avait-il pu croire un instant que la venue de sa famille la laisserait indifférente ? Cela ne la gênait pas pour sa mère, mais elle trouvait le déplacement de son grand-père totalement hypocrite.

Elle allait entrer sous la douche lorsqu'elle entendit frapper à la porte de la salle de bains et Damian apparut.

— Elle ne s'est même pas réveillée, fit-il en souriant.

Pour la première fois depuis longtemps, Rosalia se sentit gênée de sa nudité et s'enroula dans une serviette de bain.

Damian comprit immédiatement la raison de son geste.

— Tu es en colère contre moi…

— Visiblement, l'arrivée de Benedicto ne te dérange pas. Quant à moi, je n'avais vraiment pas besoin de lui dans ces circonstances.

— Ce sont justement ces circonstances qui l'ont poussé à venir… Comment rester à l'autre bout du monde alors que la vie de son arrière-petite-fille est en jeu ? Il me paraît normal qu'il ait éprouvé le besoin de te rejoindre.

— Je vois que ses sentiments t'importent plus que les miens.

Si Damian l'avait aimée, n'aurait-ce pas été le contraire ?

Mais il ne l'aimait pas. Cela n'était pas nouveau et ils ne s'étaient pas mariés par amour. Qu'elle en soit, peu à peu, arrivée à éprouver des sentiments pour lui ne garantissait pas la réciprocité !

— Au moins, je comprends ce que Benedicto ressent. Toi, tu restes un mystère, répliqua Damian.

Il ne comprendrait donc jamais ? s'irrita Rosalia.

— Je ne vois pas ce qu'il y a de si compliqué : mon grand-père a mis en danger la santé de ma fille et je ne suis pas près de l'oublier.

Damian fronça les sourcils, à la fois soucieux et agacé.

— Il ne l'a pas mise en danger directement, il ne faut pas exagérer.

— Il a quand même refusé de me verser l'argent nécessaire ou plus exactement, il a exigé que je le gagne.

L'expression sembla choquer Damian.

— Considères-tu notre vie ensemble comme le remboursement d'une dette ?

— Je…

— Réponds-tu à ma passion par sens du devoir ?

— Non, avoua-t-elle avec sincérité.

Aucune obligation n'aurait pu réveiller en elle la sensualité qu'elle croyait éteinte.

Damian hocha la tête.

— Bien, alors, ne fais plus jamais ce genre de commentaire. Benedicto t'a blessée et il a eu tort. Mais peux-tu le lui faire payer en refusant son soutien ?

— Il n'est pas ici pour me soutenir. Comme tu l'as dit toi-même, il est venu parce qu'il en avait besoin.

— Donc, ce besoin ne compte pas ?

— Je n'ai pas dit cela. Simplement, je ne suis pas ravie d'avoir ce problème à gérer en plus du reste. Et si tu ne me comprends pas, tant pis, ajouta-t-elle alors qu'il ouvrait la bouche pour lui répondre. Je suis trop fatiguée pour discuter plus avant. Je vais prendre une douche et me mettre au lit.

— Très bien.

La désillusion qui imprégnait les paroles de Rosalia semblait soucier Damian plus que ne le choquait sa fin de non-recevoir.

Il s'en remettrait, se dit amèrement Rosalia. Entre l'intérêt qu'il portait à son grand-père et ses inquiétudes pour elle, il saurait vite trancher ! Depuis toujours, les deux hommes entretenaient des rapports fondés sur un respect et des intérêts mutuels. De son côté, que partageait-elle avec Damian, qui aurait pu contrebalancer cette solide relation ? Une vie sexuelle imparfaite, dont il aurait vite fait le tour. Refusant de se tourmenter plus longtemps, elle poussa Damian dehors et se réfugia sous la douche.

Lorsque le jet d'eau atteignit son visage, celui-ci était depuis longtemps humide de larmes.

Il leur fallait être à l'hôpital à 7 heures pour l'anesthésie. Kaylee se montrait courageuse, mais Damian lisait sur son visage des signes évidents de nervosité. Quant à sa mère, c'était pire. Cependant, au contraire de Kaylee qui se cramponnait à la main de son nouveau papa, Rosalia évitait soigneusement tout contact avec Damian.

Lorsque l'enfant fut anesthésiée et qu'ils rejoignirent Benedicto et Maria-Amelia dans la salle d'attente, Rosalia s'enferma dans un silence hostile.

— Combien de temps va durer l'opération ? s'enquit son grand-père.

Rosalia ne tourna même pas la tête, laissant à Damian le soin de répondre.

— Ce n'est pas techniquement une opération, mais une intervention plus légère, précisa-t-il. C'est l'affaire d'une heure.

— Vous êtes sûr qu'il s'agit des meilleurs spécialistes ? demanda Benedicto d'un ton inquiet.

— Rassurez-vous, j'ai pris mes renseignements.

— Bon. Quoi qu'il en soit, il est pénible d'attendre sans pouvoir rien faire, grommela le vieil homme.

A cet instant, Rosalia se leva et quitta la pièce sans un mot.

Elle aurait pu se rendre aux toilettes, mais Damian soupçonnait un autre motif à son départ et la suivit, laissant Benedicto à ses inquiétudes et Maria-Amelia à son stress.

Le couloir menait à une cour extérieure où il retrouva sa femme.

— Pourquoi sortir si brusquement ?

— J'avais besoin d'être seule.

Elle avait parlé sans lever les yeux vers lui.

— Je ne pense pas que la solitude te soit bénéfique en ce moment…

— Elle est moins nocive que de devoir supporter les lamentations de mon grand-père. Il se permet de remettre en cause tes choix alors qu'il a pris grand soin de ne pas s'en mêler !

— Je ne lui ai pas demandé son avis.

— Moi si, ou plutôt, j'ai eu le tort de lui demander son aide. Comme il se croyait ton obligé, il m'a délibérément utilisée, piétinant ma fierté pour épargner la sienne !

Damian commençait à y voir plus clair. Benedicto avait une fois regretté que sa petite-fille le connaisse mal. Il s'était bien gardé d'ajouter qu'en plus, elle se méfiait de lui.

— Il n'a pas encouragé notre mariage pour son propre bénéfice, protesta-t-il cependant.

— Nies-tu l'avoir aidé financièrement ?

— Non, mais il ne te considérait pas comme un remboursement. Il voulait vraiment ton bien, Rosalia.

— Il voulait surtout préserver son honneur.

Damian secoua la tête, désespérant de lui faire entendre raison. Les choses ne s'étaient pas passées comme elle les décrivait, mais il craignait qu'à trop pousser la discussion, Rosalia n'en vienne à craquer. L'état de Kaylee la fragilisait terriblement.

— Crois-moi, Rosalia. Il a beaucoup d'affection pour toi.

— Dans ce cas, il la cache bien, rétorqua Rosalia brutalement. A la mort de mon père, il m'a arrachée à ma vie tranquille pour me faire venir en Espagne. Il considérait comme primordial que je sois élevée à sa manière. Il nous a entièrement placées sous son contrôle, ma mère et moi, allant jusqu'à me refuser le droit de rendre visite à la famille de mon père.

— C'était très égoïste de sa part.

— Très. Crois-tu vraiment que je me serais enfuie avec un garçon que je connaissais à peine si je n'avais pas été désespérée ?

— Je croyais que Tobias et toi vous connaissiez depuis l'adolescence, s'étonna Damian.

— Je venais de le rencontrer quand mon père est mort. Je n'avais que quinze ans et nous avions à peine échangé un baiser lorsque grand-père m'a fait revenir en Espagne.

— Vous ne vous êtes jamais revus avant le mariage ?

— Non. Nous gardions contact par e-mails ou téléphone car Tobias représentait ma vie d'avant, tout ce dont mon grand-père voulait me couper !

— Je comprends mieux. Tu t'es crue amoureuse…

— Parce que je voulais fuir.

— Mais tu éprouvais pour Tobias plus d'amitié que d'amour.

— De l'avis de mon grand-père comme du tien, l'amour n'est pas la composante essentielle d'un mariage, fit-elle remarquer amèrement.

Damian avait longtemps nourri cette opinion, en effet. Il n'en était plus si sûr. Si Rosalia l'avait aimé, bien des choses en avaient été changées.

— Tu devrais aller rejoindre grand-père, ajouta Rosalia sur le même ton désenchanté. Je suis sûr qu'il a besoin de toi.

L'accusation était à peine voilée et les yeux de Damian se dessillèrent : elle croyait que ses relations avec Benedicto lui importaient plus que leur mariage !

Il posa les deux mains sur les épaules de Rosalia, essayant de lui instiller sa force, de lui faire sentir qu'elle était inextricablement liée à son bonheur.

— Ecoute bien ceci. Le jour qui a suivi l'arrivée de Kaylee à la villa, j'ai appelé ton grand-père pour lui dire à quel point j'étais furieux : utiliser ta fille pour te manipuler était impardonnable et je ne le lui ai pas caché.

Il sentit les épaules de Rosalia tressauter sous ses mains, mais simplement parce qu'elle les haussait.

— Bon, tu lui as dit son fait. Et après ? Tu ne m'as pas libérée de mon engagement pour autant…

— L'aurais-tu souhaité ?

— La question n'est pas là, fit-elle hâtivement, esquivant son regard. Tu t'es réconcilié avec mon grand-père, de toute façon.

— Ton grand-père sait que s'il tente quoi que ce soit envers toi ou Kaylee, je mettrai immédiatement fin à nos relations et je me retirerai de nos partenariats.

Il eut l'impression que Rosalia cessait de respirer.

— Tu… tu tiendrais parole ? demanda-t-elle d'une voix étouffée, la tête baissée.

— *Si*. Benedicto me connaît, il sait que je ne bluffe pas. Peu importe ce qui nous a réunis, Rosalia, je suis à présent marié à celle que je veux pour femme et je m'engage à vous protéger toujours, ta fille et toi.

— Tu veux vraiment de moi pour femme ?

Damian lui prit le menton. Quand il vit les pleurs rouler sur ses joues, il eut l'impression que son cœur se déchirait.

— Je te veux, Rosalia, toi et personne d'autre. Tu passes bien avant ton grand-père pour moi.

Il la serra contre lui, essayant de chasser les doutes et l'incertitude qu'il lisait dans ses yeux.

Rosalia soupira et entoura de ses bras la taille de Damian.

— J'ai si peur…

— Kaylee va s'en sortir. Ne t'inquiète pas.

Elle hocha la tête mais resta pelotonnée contre lui.

Elle n'avait pas bougé quand le chirurgien vint à leur rencontre trois quarts d'heure plus tard.

— Tout s'est bien passé. Votre fille est en salle de réveil. D'ici peu, elle sera rétablie et courra comme tous les enfants de son âge, leur assura-t-il en souriant.

Rosalia s'affaissa contre Damian, poussant un soupir de soulagement.

— Je suis si heureuse… Comment pourrai-je jamais vous remercier ?

— La santé de Kaylee est le seul remerciement dont j'aie besoin, madame Marquez. Vous avez une petite fille formidable.

Rosalia lui adressa un sourire rayonnant. Cela, elle le savait depuis longtemps.

9.

Rosalia entra dans la chambre de Kaylee, la main dans celle de Damian. Il ne l'avait pas lâchée depuis qu'ils avaient regagné la salle d'attente de l'hôpital.

Elle respira profondément, refoulant ses larmes.

— Elle a l'air si petite, dans ce lit, si fragile, murmura-t-elle.

La fillette battit des paupières et quand son regard brouillé parvint à se fixer, un sourire éclaira son visage.

— Bonjour maman, bonjour papa.

Ils s'avancèrent vers le lit et, à tour de rôle, la prirent dans leur bras, embrassant avec précaution ses petites joues si douces.

— J'ai sommeil, se plaignit Kaylee.

— C'est l'effet de l'anesthésie, *niña*.

— Elle va se dissiper et tu iras mieux, la rassura Rosalia.

Un bruit de pas pressés dans le couloir leur signala l'arrivée imminente du grand-père et de la mère de Rosalia.

Maria-Amelia se rua vers le lit, riant et pleurant à la fois, mais Kaylee, qui avait toujours aimé sa grand-mère, parut heureuse de ces effusions.

Benedicto se tenait en retrait sur le seuil, avec sur le visage une expression que Rosalia ne lui avait jamais vue. Ses traits sévères étaient bourrelés de remords et ses yeux semblaient embués.

— Rosalia, commença-t-il, je… je suis désolé.

— Grand-père, tu veux venir m'embrasser avant

que je dorme ? demanda Kaylee d'une petite voix, déjà ensommeillée.

Benedicto se précipita vers le lit, abandonnant son habituelle réserve. Il serra très longtemps l'enfant dans ses bras, lui disant combien il l'aimait, combien il était heureux de la savoir guérie.

L'infirmière entra pour rappeler gentiment qu'il ne fallait pas s'attarder au chevet de Kaylee : la fillette avait besoin de dormir afin d'évacuer les derniers effets des anesthésiants.

Rosalia aurait voulu rester près d'elle, prête à promettre le silence, mais son grand-père demanda à lui parler.

Sans hésiter, elle accepta et tous sortirent de la chambre. A présent qu'elle savait sa fille hors de danger, Rosalia ne craignait plus de l'affronter, ni lui, ni qui que ce soit d'autre.

— Rosalia, pourrions-nous… rester seuls une minute ? fit Benedicto d'une voix mal assurée.

Jamais elle n'avait entendu le vieil homme solliciter une faveur au lieu d'imposer sa loi. Prise au dépourvu, Rosalia ne sut que lui répondre.

— Vous parlez à mon épouse, vous pouvez donc tout dire devant moi, intervint Damian d'un ton sans appel, adoptant une attitude protectrice dont Rosalia lui fut reconnaissante.

Son grand-père poussa un lourd soupir.

— Parfait…

Il avança la main vers elle, comme pour mieux plaider sa cause.

— Je suis désolé, plus désolé que je ne saurais le dire, de t'avoir fait cet abominable chantage à la santé de ta fille. Ce n'était pour moi… qu'un jeu de pouvoir, une stratégie, un peu comme aux échecs. Notre petite Kaylee ne paraissait pas malade, je ne voulais pas imaginer qu'elle l'était. Ce n'est qu'en la voyant dans son lit d'hôpital que j'ai réalisé la gravité de ma faute.

Ce repentir sincère laissa la jeune femme sans voix.

Une larme coula sur la joue de son grand-père.

— Je comprendrais que tu ne puisses me pardonner, mais je te supplie de croire que si tu avais refusé d'épouser Damian, j'aurais tout fait pour te procurer cet argent.

Rosalia remercia le ciel, priant pour que ce soit vrai, car au fond, elle ressentait une réelle affection pour le vieil homme et n'aurait pu supporter l'idée qu'il ne se soucie pas du sort de Kaylee.

— Je voulais que tu sois heureuse, *niña*, reprit-il, c'est pourquoi, Dieu me pardonne, je t'ai forcée à ce mariage. C'est la seule façon que j'ai trouvée de faire, malgré toi, ton bonheur.

— Tu étais donc sûre que je serais heureuse avec Damian ?

— Certain.

Un peu de son arrogance coutumière revenait, sous la chape du remords.

— J'ai su qu'il était fait pour toi dès que je l'ai vu. Il était évident qu'il ferait un bon mari. Je refusais de te voir retomber dans les bras d'un autre Tobias Kennedy.

— Comment peux-tu le critiquer ? Tu ne savais rien de lui.

— J'en savais bien assez. Après l'enterrement de ton père, tu passais tes journées auprès de lui. Ta mère s'était enfermée dans sa douleur et elle n'a rien vu, mais moi je savais qu'il fallait t'éloigner de ce garçon.

— Il était droit, et très bon.

— Sans doute, mais il n'était pas fait pour te rendre heureuse. C'était un faible, il ne pouvait s'occuper correctement de toi. J'ai tout fait pour vous séparer.

— D'où ma venue en Espagne… Et ainsi, tu m'as précipitée dans ses bras, fit remarquer Rosalia avec amertume.

— Je ne l'ai compris que trop tard… et j'en suis terriblement désolé.

— Ce qui ne t'a pas empêché de me pousser dans ceux de Damian à la première occasion !

— C'est vrai, reconnut le vieil homme d'un ton contrit.

— Te servir de mon angoisse de mère pour résoudre ce que tu considérais comme un problème est très mal, grand-père.

— Comment ? Mais de quoi parlez-vous ? demanda d'une voix pleine d'alarme la mère de Rosalia qui, jusqu'à présent, était restée à l'écart, perdue dans ses prières pour Kaylee. Ton grand-père s'est servi de toi ?

Rosalia la regarda sans répondre, puis elle dévisagea son grand-père qui semblait vieilli de vingt ans. Diverses émotions se disputaient en elle. Elle les aimait tous deux, malgré l'inconscience de sa mère, qui traversait la vie comme dans un brouillard, et les penchants manipulateurs du vieil homme.

— Grand-père te racontera, maman. Mais ne t'inquiète pas, tout va bien à présent.

Rosalia n'en était pas absolument sûre, mais n'avait pas le cœur de confronter sa mère à son échec. Maria-Amelia n'avait pas su la protéger des manigances de son grand-père, mais il était temps de tourner la page. Ils n'étaient pas responsables du douloureux échec de son mariage avec Tobias et il était injuste de leur faire porter la responsabilité de son couple actuel. Ce qui adviendrait avec Damian la regardait. Elle devait apprendre à ne plus imputer aux autres ce qu'elle se devait d'assumer.

— Bien sûr, j'expliquerai tout à ta mère, accepta Benedicto. Je ne suis qu'un vieil ours maladroit, et je n'ai fait que te blesser depuis tes quinze ans, alors que je n'ai jamais voulu te faire souffrir. Je n'ai pas su te comprendre, ni te donner ce dont tu avais besoin. Si j'avais été plus attentif, ta vie aurait pris un cours différent.

Rosalia posa doucement la main sur la sienne. Rien ne pourrait effacer le passé, mais la présence de Kaylee valait tout ce qu'elle avait enduré, pendant et après son premier mariage. Si son grand-père voulait nouer avec elle des relations sincères, il lui faudrait apprendre à respecter sa différence.

— Laissons là le passé, veux-tu ? Nous pouvons repartir d'un bon pied, si tu acceptes de ne plus diriger nos vies.

Son grand-père hocha la tête, sourcils froncés.

— Damian m'a déjà fait comprendre ce point.

Rosalia jeta à son mari un regard reconnaissant avant de se tourner de nouveau vers sa mère et son grand-père.

— Je suis sûre que nous saurons nous entendre. Je vous aime très fort, tous les deux.

— Même… même après ce qui s'est passé ? demanda son grand-père d'un ton hésitant.

— Bien sûr. L'amour fait des miracles.

Et seul le miracle de l'amour pourrait sauver son mariage. Elle le voyait clairement à présent.

Trois jours plus tard, Damian et Rosalia purent retourner à la résidence, laissant Kaylee seule pour sa dernière nuit d'hôpital. La fillette allait de mieux en mieux et Rosalia se détendait à vue d'œil.

— Veux-tu que nous partagions un jacuzzi ? demanda Damian.

Rosalia acquiesça sans aucune appréhension. Cela faisait presque un mois qu'ils étaient mariés et leur intimité avait fait de tels progrès qu'elle commençait à envisager l'impossible : peut-être leur union n'était-elle pas condamnée…

Damian installa Rosalia contre lui pendant que l'eau chaude moussait autour d'eux.

— Veux-tu toujours essayer d'aller jusqu'au bout de notre relation ? demanda-t-il après un silence, faisant voler en éclats la bulle de sérénité dans laquelle Rosalia flottait.

Elle ouvrit la bouche pour répondre, mais ne put émettre qu'un son inarticulé.

— Je te pose la question car il existe un traitement, reprit Damian.

— Je sais, articula péniblement Rosalia. Mon médecin m'en avait parlé.

— Pourquoi n'as-tu pas essayé ?

— J'ai essayé ! Ça n'a pas marché, je ne suis jamais parvenue à me détendre.

— Peut-être le médecin a-t-il été malhabile ?

Rosalia ouvrit des yeux ronds.

— Le médecin n'a rien fait du tout, poursuivit-elle. Il m'a expliqué que le seul traitement consistait à me guérir de mes peurs, que je redoutais l'intimité et que si j'aimais suffisamment Tobias, mon corps l'accepterait.

— C'est ridicule ! s'exclama Damian, indigné par une pareille incompétence. Tes spasmes sont incontrôlables, cela n'a rien à voir avec tes sentiments ! Ces contractions n'ont jamais été ta faute, tu m'entends, *querida* ? Ce médecin est un imbécile !

C'était le même qui avait si mal diagnostiqué l'affection de Kaylee, se rappela Rosalia. Peut-être avait-elle eu tort de lui faire aveuglément confiance, de ne pas chercher un second avis médical. Soudain, une lueur d'espoir jaillit au fond de son cœur. L'horreur de sa première nuit de noces, cette déchirure quand Tobias s'était introduit en elle, la forçant alors que son corps se dérobait, tout cela pourrait peut-être s'effacer…

— Et que faut-il faire ?

— Utiliser le traitement le plus communément prescrit contre les spasmes.

— Mais que peut-on faire si le problème est dans ma tête ?

— Il est possible qu'un traumatisme inconscient l'ait déclenché, mais le traitement n'est pas psychologique : il est physiologique, expliqua Damian. C'est tout du moins ce qu'en disent les spécialistes.

— Tu t'es renseigné…

— Tu es *mi mujer* et je veux t'aider. N'y ai-je pas intérêt ? conclut-il en souriant.

— J'adore l'intimité avec toi, susurra Rosalia alors que la main de Damian effleurait le bourgeon de son sein.

— Crains-tu encore que je te fasse mal, *querida* ?

— Sans doute inconsciemment, répondit-elle en se souvenant de sa réaction lorsqu'il avait tenté de s'introduire dans son intimité. Ce n'est pas volontaire. Je sais que tu ne me feras aucun mal, mais je n'arrive pas à évacuer les souvenirs… Chaque fois que Tobias essayait, je souffrais à hurler. Après la naissance de Kaylee, qui a été pénible, les contractions ont empiré et après chaque échec, Tobias et moi étions plus malheureux…

— Il a préféré partir plutôt que t'apporter son aide et tu n'as jamais su tout ce que tu pouvais offrir à un homme. Moi, je le sais, ajouta-t-il en faisant pivoter Rosalia pour qu'elle le chevauche.

Le mouvement leur arracha à tous deux un gémissement de plaisir.

— Jusqu'à ce que tu me touches, murmura Rosalia, je croyais que l'acte sexuel était un enfer. Je te désire vraiment, Damian, cela ne m'était jamais arrivé. Explique-moi comment fonctionne le traitement.

— Il s'agit de courts cylindres, étroits, que l'on place ici, fit-il en posant la main sur son intimité. Les premiers sont plus petits qu'un coton-tige et graduellement, on augmente leur taille jusqu'à ce que les muscles s'habituent et soient suffisamment dilatés pour accepter un sexe masculin.

Rosalia fronça les sourcils.

— Cela va me prendre une année entière à me préparer pour toi, dit-elle en soupirant.

Le rire chaud de Damian la réconforta.

— Bien sûr que non. Une fois que tu auras atteint un certain stade, ton corps s'accommodera sans peine.

Il restait un point noir : comment allait-elle supporter qu'un médecin lui administre pareil traitement ?

— Combien faudra-t-il de visites avant d'obtenir des résultats ? demanda-t-elle d'une voix inquiète.

Damian perçut sa réticence.

— Tu n'aimes pas l'idée qu'un médecin te touche, c'est cela ?

— J'ai accepté d'aller jusqu'au bout, répondit Rosalia de façon détournée.

— C'est pour cela que nous avons cette conversation, fit doucement Damian. Rien ne dit qu'un médecin doive procéder au traitement.

— Qui d'autre ? Une infirmière ?

Elle n'était pas sûre que cela lui convienne mieux.

— Moi.

— Toi ? Mais…

Rosalia s'y attendait si peu que la parole lui manqua. Ainsi, elle n'aurait pas à exposer son problème à des inconnus !

— Laisse-moi essayer, Rosalia, plaida Damian.

Elle le voulait, plus que tout, et pas seulement parce qu'elle s'y était engagée.

— Tu crois que cela peut marcher ?

— Cette technique réussit presque toujours, à condition de s'y prendre progressivement. Mais nous avons toute la vie devant nous, n'est-ce pas, *mi esposa* ? Nous prendrons notre temps. Remarque que nous avons un atout dans notre jeu…, fit-il avec un sourire charmeur.

— Lequel ?

— Eh bien, nous savons que je peux facilement t'exciter… Ton corps s'ajustera d'autant mieux aux cylindres.

Rosalia le regarda avec gratitude. Il parvenait à lui donner envie d'essayer !

— Quand commencerons-nous ?

— Dès que possible, mais rien ne nous force à nous précipiter. Pour l'instant, c'est le bien-être de Kaylee qui prime.

Il avait tout prévu, cherché les solutions, trouvé… et tout cela sans oublier qu'elle était aussi mère. Rosalia sentit son cœur se gonfler de reconnaissance.

— Tu es un homme formidable, murmura-t-elle.

Le sourire radieux de Damian l'emplit de bonheur.

— Et toi, tu es la femme la plus courageuse que je connaisse.

Au bout de cinq jours, Benedicto et Maria-Amelia regagnèrent l'Espagne. Ils avaient passé le plus clair de leur temps en compagnie de Kaylee et de Rosalia. Les ombres du passé s'estompaient plus vite qu'elle ne l'aurait supposé et cela la soulageait d'un grand poids.

Dès que le médecin donna son accord pour le départ de Kaylee, ils reprirent l'avion pour New York.

Rosalia découvrit avec ravissement que Damian possédait une maison à la campagne, au nord de la ville.

— Mais c'est trop loin pour te rendre au bureau tous les jours, s'inquiéta-t-elle.

— J'ai aussi un appartement en ville, mais je travaille de plus en plus à partir du bureau que j'ai installé ici.

— Si tu dois rester plusieurs jours à New York, nous te suivrons, lança Rosalia d'un ton décidé. J'espère que tu pourras nous loger !

— J'ai un grand canapé dans mon bureau, fit Damian en souriant. Très confortable.

Rosalia attrapa Damian par la cravate et l'attira à elle.

— Mmm… Intéressant. Mais ne pourrai-je pas me montrer jalouse si ce grand et confortable canapé demeure dans un bureau où je ne serai pas toujours présente ?

Ce fut au tour de Damian de la plaquer contre lui.

— Tu n'as aucun souci à te faire, *querida*. Tout ce qui pourrait se passer d'excitant sur ce canapé sera fait avec toi. Ma femme est la seule qui existe pour moi.

Rosalia se laissa aller entre ses bras et sourit. Bientôt, la bouche ferme et chaude de Damian lui fit oublier toute préoccupation.

Damian n'avait pas reparlé du traitement de toute la semaine et Rosalia hésitait à lui en demander la raison. A la réflexion, peut-être était-il moins enthousiaste à l'idée de pratiquer ce qui, au bout du compte, restait un acte médical. Finalement, après quelques jours, elle se décida à aborder la question. Attendre était bien plus inconfortable que savoir, même si, pour finir, elle devait en passer par les services d'un médecin.

Damian rejoignit Rosalia dans la chambre, heureux de se glisser dans les draps à côté d'elle. Il aimait la prendre dans ses bras et même s'ils ne faisaient pas l'amour, ce qui était rare, rien n'était plus doux que ce moment de câline intimité.

— Damian…

Il était déjà tard et elle avait éteint la lumière. Au son de sa voix, Damian cessa de se déshabiller pour se tourner vers le lit.

— Oui ?

— Je me demandais…

La phrase s'arrêta brutalement, comme si Rosalia ne pouvait conclure.

— Quoi, *querida* ?

La lampe de chevet s'alluma, révélant les courbes de Rosalia vêtues de la dentelle la plus fine qu'on puisse imaginer. La nuisette arachnéenne révélait bien plus qu'elle ne cachait et Damian sentit son corps réagir au délicieux spectacle qu'elle lui offrait.

— Tu es splendide…

— Merci.

— Etait-ce mon avis que tu désirais ? Dans ce cas, je peux te dire qu'en matière de lingerie, tu as un goût très sûr…

Le rire doux de Rosalia lui répondit. Ses yeux d'ambre brillaient doucement, de désir, mais aussi de nervosité.

Elle prit une profonde inspiration et se jeta à l'eau.

— As-tu eu le temps de t'occuper de… ?

— Oui, dès le lendemain de notre discussion.

— Alors pourquoi… ?

— Pourquoi je ne t'en ai pas reparlé ? Tu t'es beaucoup inquiétée pour Kaylee, depuis sa sortie de l'hôpital, tu la surveillais constamment pour voir si tout allait bien…

— C'est vrai.

— Tu étais plutôt tendue.

Rosalia fit une petite grimace.

— Tu as raison.

— Je voulais attendre que tu sois assez sereine pour que cette expérience ne tourne pas au cauchemar.

— Dans tes bras, je ne pourrai jamais vivre de cauchemar, murmura-t-elle. Tout est tellement parfait avec toi…

C'était elle qui était parfaite. Faite pour lui.

— Je suis rassurée par les progrès de Kaylee, ajouta-t-elle. Le chirurgien dit que son cœur bat comme si elle n'avait jamais rien eu et… elle dort tranquillement dans sa chambre, à présent.

— Es-tu en train de me dire que tu veux essayer ce soir ?

Les joues de Rosalia s'empourprèrent.

— Oui, fit-elle d'un ton décidé.

Un élan de désir traversa Damian comme une flèche et il acheva de se déshabiller en un temps record, sans quitter un instant Rosalia du regard.

Quand il s'allongea près d'elle, les pupilles de sa femme se dilatèrent. Il caressa sa joue tiède.

— Tu es nerveuse.

— Et excitée.

Il fallait s'y attendre. Damian allait lui montrer qu'elle n'avait aucun motif de crainte et toutes les raisons pour être excitée.

— Ce soir, il n'y aura que du plaisir, *querida*, fit-il en la prenant dans ses bras.

— Tu m'as déjà donné le plus grand des plaisirs…

Très émue, elle lui sourit.

— C'était lors de notre nuit de noces, quand tu m'as prise dans tes bras alors que je m'étais refusée à toi, reprit-elle. Cela a été un moment très important pour moi. Jamais je ne m'étais sentie autant protégée.

Il ferma les yeux, saisi à son tour par une singulière émotion.

— Rosalia…

Son baiser le prit de court, mais il revint vite de sa surprise et le lui rendit avec fièvre. Elle s'abandonna et quand leurs lèvres se séparèrent, ils tremblaient tous les deux.

Rosalia soupira, les seins durs pointant sous la dentelle de sa nuisette, et le corps de Damian frémit devant l'évidence de son désir.

Avant de s'étendre auprès d'elle, il tira les couvertures, afin de mieux la contempler.

Sous la dentelle, les boucles soyeuses de sa féminité dessinaient un triangle d'or.

— Vraiment très joli, articula-t-il d'une voix un peu étranglée.

— Merci.

Elle ronronnait presque, s'étirant avec une lascivité qu'elle ne se connaissait pas avant d'avoir expérimenté les joutes amoureuses de leur mariage.

Damian appréciait la confiance qu'elle lui témoignait. Il aimait tout en elle, tout portait son désir jusqu'à l'incandescence.

Elle lui tendit les bras. Une invite vieille comme le monde et belle comme l'éternité.

— Fais-moi l'amour, Damian.

Il ne lui en fallait pas plus pour passer à l'action. Eperdu, il s'étendit sur elle, prenant sa bouche qui s'ouvrait, accueillante, avec toute la science érotique qu'il pouvait déployer.

Il la voulait brûlante, consumée d'un désir que lui seul pourrait combler. La fièvre de ses lèvres était égale à la sienne et tout de suite elle s'abandonna, son corps ondulant sous le sien.

Les pointes ardentes de ses seins pressés contre sa poitrine instillaient en lui une faim qui exigeait satisfaction. Il perdit de précieuses secondes à la déshabiller, puis sa bouche partit à l'exploration de sa gorge frémissante et de sa poitrine généreuse. D'ordinaire, il prenait tout son temps pour tracer sur la peau de Rosalia cette carte du tendre, mais cette fois, le besoin le pressait de prendre dans sa bouche ces deux pointes orgueilleusement dressées. Le corps de Rosalia se tendit comme sous l'effet d'une décharge électrique et il accentua sa caresse jusqu'à ce qu'elle s'arc-boute contre lui, dans toute l'exigence de son désir.

— Damian…

Son nom n'était plus qu'un long feulement.

Aucune musique, aucun chant n'aurait été plus doux aux oreilles de Damian. Il adorait qu'elle réponde si vite à la plus légère sollicitation. C'était la partenaire la plus extraordinaire qu'il ait connue. Les autres pouvaient bien avoir une connaissance plus précise du corps des hommes, aucune ne le faisait ainsi trembler de désir. Seule Rosalia en était capable.

Il joua avec sa chair douce et crémeuse, usant de ses doigts et de sa bouche avec une nonchalante provocation. Bientôt, elle levait vers lui tout son corps pour mieux l'appeler, abandonnée et offerte.

C'était ce qu'il attendait. Il avança sa main et plaça le premier cylindre.

Rosalia poussa un cri étouffé et se raidit.

— Tout va bien, *querida* ?

Rosalia ne savait quoi lui répondre.

— Cela… ne fait pas mal.

C'était vrai. Juste la sensation d'un corps étranger.

— *Bueno*…

— Je… je crois que je me contracte, souffla-t-elle.

— Cela fait mal ?

— N… non.

— Alors, rien d'alarmant.

Sa voix était chaude, rassurante, malgré le désir qui la rendait rauque. Il était facile en l'écoutant de s'abandonner, d'avoir confiance.

Il unit étroitement leurs deux corps et l'embrassa, tandis qu'elle s'enivrait de l'odeur et de la texture de sa peau. Elle gémit et le caressa aveuglément, tentant de lui donner autant de plaisir qu'elle en recevait de lui. Elle semblait en bonne voie, car Damian gémissait et se serrait contre elle avec une force aveugle.

Elle lui était reconnaissante de la façon dont il maîtrisait son propre désir : il ne la presserait pas au-delà de ce que son corps accepterait et l'avait prouvé bien souvent au cours de leurs étreintes inachevées.

— Je crois que tu peux… mettre l'autre, souffla-t-elle, alors que les sensations qui irradiaient en elle n'avaient plus rien à voir ni avec la douleur ni avec la peur.

Il ne répondit pas, mais elle le sentit qui procédait à l'échange, sans cesser de la caresser et de l'embrasser, si bien qu'elle se sentit prête à accueillir le cylindre de taille supérieure.

Cette fois, le corps de Rosalia résista et elle se crispa un peu, mais son désir était plus fort que la crainte de l'échec et elle le pria doucement :

— S'il te plaît, ne t'arrête pas. Je n'aurai pas mal, je te le promets.

Il fallut à Damian tout son empire sur lui-même, tant elle était belle en cet instant, sa chevelure sombre répandue sur l'oreiller, ses yeux agrandis par le désir et le corps frémissant.

— Non, je ne m'arrêterai pas, *mi esposa preciosa*.

L'enjeu était trop important, pour l'un comme pour l'autre.

Mais s'il ne parvenait pas à calmer la faim impérieuse qu'il avait d'elle, il risquait de perdre tout contrôle de la situation… Ni elle ni lui ne pouvait se le permettre.

Damian descendit taquiner le nombril de Rosalia de sa langue experte, puis descendit encore.

Elle gémit, se tordit et le saisit par les cheveux, s'arc-boutant contre sa bouche.

Il se concentra sur le désir grandissant de Rosalia, écoutant avec ravissement les cris de plaisir qui lui échappaient. Elle se détendit, et il changea de nouveau le cylindre.

Il l'introduisit plus vite qu'elle ne l'attendait mais le plaisir l'avait préparée à cette pénétration. Sa peur s'était envolée.

Quelques secondes plus tard, elle se savait de nouveau prête pour la taille supérieure.

Damian toucha délicatement la chair soyeuse.

— Je m'en occupe, maintenant, *querida*, murmura-t-il.

Elle acquiesça silencieusement, ses yeux remplis d'un mélange d'excitation et de peur. Il était évident que son désir surpassait sa crainte. Damian se redressa pour prendre sa bouche, tandis qu'il retirait doucement le cylindre. Sa caresse se fit plus intime, plus intrusive et lorsqu'il la sentit se refermer étroitement sur lui, son corps réagit vigoureusement en réponse. Il la voulait de toutes ses forces, mais il fallait que ce fût parfaitement agréable et indolore pour elle.

Sous la précision de sa caresse, le corps de Rosalia s'arqua dans le plaisir et vint s'offrir plus encore.

Elle gémit et ne se crispa presque pas lorsqu'il l'investit plus encore.

— C'est bon, Damian, oh, c'est bon..., gémit-elle tandis qu'il la caressait comme il en rêvait depuis leur nuit de noces.

Elle était cependant encore très contractée et il lui fallut plusieurs minutes de caresses délicates avant de la sentir se détendre sous ses doigts. Il imprima à son mouvement un langoureux va-et-vient, comme pour mieux anticiper l'union de leurs deux corps.

Rosalia se sentit envahie d'une sorte de frénésie. Elle

écarta sa bouche de la sienne et murmura, tremblante de désir :

— Je suis prête pour toi, Damian. Je sais que je le suis.

Il regarda au fond des yeux d'or que le plaisir assombrissait déjà. Cette simple vision fit bouillir son sang.

— Tu en es sûre ? demanda-t-il doucement.

— Tu m'a dis que le temps viendrait où je serais prête. Je crois que ce moment est arrivé.

Tout son corps s'offrait pour mieux l'accueillir.

Dans l'état d'excitation où il était, Damian n'était guère en mesure de discuter.

D'ailleurs, elle se tendait vers lui, en une invite inconsciente.

— Prends-moi, souffla-t-elle. Je veux être à toi.

— Tu es à moi depuis toujours. Mais aujourd'hui, nos deux corps vont s'unir aussi intimement qu'il est possible.

Il entra en elle, en appelant à toute la douceur et la patience dont il était capable.

— Ça… ça va, balbutia Rosalia d'une voix extasiée.

Damian en ressentit une émotion profonde.

Il enfouit son visage dans la chevelure odorante de son épouse.

Jamais, de toute sa vie, il n'avait connu expérience aussi bouleversante.

Rosalia, pour sa part, ressentait une incroyable impression de plénitude, sans la moindre douleur. Jamais elle n'avait connu cela. Aucun rapport avec le désastre de sa nuit de noces. Damian était doux et tendre, il ne la prenait pas de force, mais l'amenait peu à peu à l'accepter en elle.

Et elle le voulait. Oh, comme elle le voulait ! C'était incroyablement bon, vraiment merveilleux.

Son corps se pressa contre celui de Damian, avide de lui appartenir le plus possible. Bien loin de toute douleur, elle avait presque envie de pleurer, tant c'était beau et bon.

Ils ne tardèrent pas à approcher ensemble le faîte de leur plaisir.

— Oui, Damian, oui, mon amour, oui…

— *Querida*, tu es si merveilleuse, je veux…

Il se tut et Rosalia supposa qu'il craignait qu'une seule parole puisse interrompre la magie de leur étreinte.

— Reste, je t'en prie, souffla-t-elle, tu ne me fais pas mal, je veux te sentir en moi.

Ses mots semblèrent fouetter le désir de Damian. Chacun de ses mouvements semblait embraser une zone secrète du corps de Rosalia qui tremblait de plaisir. Les sensations s'amplifiaient et se déclenchaient en elle, encore et encore, jusqu'à l'explosion, qui lui parut avoir la puissance d'une bombe atomique.

Elle se contracta, se raidit contre lui avec plus de force qu'elle s'en serait crue capable.

— *Si, preciosa*, murmura-t-il, goûte le plaisir de notre union.

Il poursuivit leur étreinte et, à la grande surprise de Rosalia, une deuxième explosion survint, plus forte encore que la première.

Damian lui avait déjà appris qu'elle pouvait ressentir du plaisir, mais même dans ses bras, elle n'avait jamais rien connu de pareil. C'était incroyablement doux et terriblement puissant. Elle aurait voulu lui demander d'arrêter, mais se disait qu'elle allait mourir s'il lui obéissait. Le seul son qui sortait de sa gorge était une sorte de gémissement sourd et inarticulé.

Il ne s'arrêta pas, ne ralentit pas même sa cadence. Comment un homme pouvait-il maintenir une action si puissante aussi longtemps ? Rosalia sentit son ventre se contracter de nouveau, mais cette fois, elle était déterminée à ne pas aller seule jusqu'au plaisir. Nouant ses jambes autour des hanches de Damian, elle se cambra pour prendre la pointe de son sein d'homme dans sa bouche.

Sous cette caresse inattendue, elle sentit son amant se raidir soudain et épuiser en elle sa jouissance, se rendant en un long cri.

Le corps de Rosalia se convulsa à son tour. Ce fut si puissant qu'elle eut l'impression que leurs deux corps s'étaient confondus en un seul, bien au-delà de toute union simplement physique. Il lui sembla s'évanouir, sans perdre connaissance : elle eut seulement l'impression de flotter librement dans les airs.

Ils se sentaient tous deux vides et alanguis.

Il voulut s'écarter, mais elle le retint, avec une énergie convulsive qu'elle ne se connaissait pas.

— S'il te plaît, murmura-t-elle. C'était merveilleux. Ne me quitte pas déjà.

— Mais je suis trop lourd…

— Pas du tout !

— Si… mais moi non plus, je n'ai pas envie de bouger.

Son sourire était si doux qu'elle pouvait y voir bien plus que la simple satisfaction du désir.

Il l'embrassa.

La vue de Rosalia s'embruma, mais elle retint ses larmes. Elle ne voulait pas gâcher ce moment, même par des larmes de bonheur.

Damian l'embrassa encore, doucement et cette fois sur la tempe, comme pour une bénédiction.

— Oh, mon chéri…

Ils se tenaient enlacés, aussi proches que possible, confondus. D'un seul mouvement souple, Damian inversa leurs positions et elle se trouva étendue sur lui.

Elle le regarda avec attention et ce qu'elle lut sur son visage l'émut plus profondément que tout ce qu'elle avait jamais pu éprouver au cours de sa vie.

— Je t'aime Damian, lui dit-elle. Je t'aime tant. Merci d'avoir fait de moi une vraie femme.

Le visage de son mari devint grave.

— Tu as toujours été une vraie femme, lui répliqua-t-il. C'est plutôt moi qui te remercie de t'être donnée à moi.

Il n'avait pas parlé d'amour, mais elle s'y attendait. Peut-être ne l'aimait-il pas, mais il lui avait plus donné que Tobias, ou qu'aucun de ceux qui avaient pu se dire amoureux d'elle.

Il reprit sa bouche pour un long et langoureux baiser, puis caressa tout doucement son dos jusqu'à ce qu'elle s'endorme enfin.

Plus tard dans la nuit, ils s'éveillèrent et refirent l'amour. Rosalia cria de bonheur lorsque Damian s'empara de nouveau de son corps.

Le jour suivant, elle marchait sur un nuage.

La seule ombre au tableau était que son mari n'éprouvait pas d'amour pour elle, mais il tenait à leur mariage et cela avait son importance. Il la désirait, aimait sa compagnie, et prenait en charge son bonheur et celui de sa fille. Elle n'était pas bien sûre que, réellement amoureux, il aurait pu lui donner plus que ce qu'il lui offrait avec tant de générosité.

Il ne croyait pas à l'amour et elle pouvait en comprendre la raison. Mais un jour, elle en était sûre, il changerait. Elle lui prouverait que l'amour ne représentait pas toujours un danger.

Damian travaillait dans son bureau lorsque des visiteurs inattendus se présentèrent : les parents de Tobias. La gouvernante les introduisit dans le salon ensoleillé où Rosalia et Kaylee travaillaient à un projet artistique.

Voyant le visage de Kaylee s'éclairer d'un sourire ravi, Rosalia se retourna et sourit à son tour.

Elles se précipitèrent toutes deux vers le couple, elle toute menue et lui, si massif, rappelant toujours à Rosalia son époux défunt.

— Edna, Bruce… quelle bonne surprise !

— Nous pensions te laisser un peu de temps pour t'habituer à ton nouveau mariage, avant de venir frapper à ta porte, mais mon bébé me manquait trop…

Elle serra très fort Kaylee dans ses bras.

— Le téléphone ne suffit pas.

Rosalia se sentit assaillie par un sentiment de culpabilité. Elle aurait dû proposer à son ex-belle-mère de venir à Seattle durant le traitement de Kaylee.

— Je n'ai pas pensé à vous demander de nous rejoindre, expliqua-t-elle piteusement.

Bruce secoua la tête.

— Ne t'inquiète pas, lui dit-il. Tu avais bien d'autres soucis.

Pourtant, elle savait qu'elle aurait dû y penser. Elle avait dû se contenter durant si longtemps de vivre avec peu de moyens qu'elle n'était pas encore habituée à ses nouvelles possibilités. Quelques mois plus tôt, payer le billet d'avion des grands-parents de Kaylee aurait été tout aussi impensable que de s'acquitter des frais de chirurgie de la fillette.

Elle se mordit la lèvre.

— Je ne peux pas me voiler la face. Je suis bel et bien responsable. Je suis désolée.

— Tu nous as donné des nouvelles par téléphone, lui rappela Bruce avec indulgence.

— Mais tous les coups de fil du monde ne sauraient remplacer la joie de serrer ceux que l'on aime dans ses bras.

Avec un sourire forcé, Rosalia offrit un siège à ses ex-beaux-parents. Elle les aimait tous les deux et, quoi qu'ils puissent dire, elle avait le sentiment de les avoir abandonnés.

Bruce et Edna prirent une chaise autour de la table couverte de dessins et d'ébauches.

— Je vais vous chercher quelque chose à boire, dit Rosalia, mais elle s'arrêta net en voyant paraître son mari sur le seuil, le visage sombre.

— On m'a dit que nous avions de la visite, expliqua-t-il.

— Papy et mamie sont venus me voir, papa ! lui lança joyeusement la fillette, qui en faisait des bonds sur sa chaise.

Bruce tiqua en l'entendant appeler Damian ainsi et

le sourire d'Edna se crispa un peu, mais ils se levèrent néanmoins pour lui serrer la main.

— Nous vous sommes grandement reconnaissants, lui dit Bruce, visiblement ému. Rosalia nous a dit que vous aviez payé les soins de Kaylee.

Le visage impénétrable, Damian accepta la main tendue et répondit :

— Rosalia et Kaylee sont ma famille, à présent. Soyez assuré que je subviendrai toujours à tous leurs besoins.

Le sourire de Bruce était teinté de tristesse. Rosalia aurait aimé trouver les mots pour apaiser son évidente douleur. Depuis la mort de son père, Bruce était la seule vraie figure paternelle qui ait traversé sa vie. Elle ne voulut pas risquer de paraître déloyale envers Damian, mais l'amour et la loyauté se livraient en elle une rude bataille.

Damian la vit se tordre nerveusement les mains et, s'apercevant de son trouble, il les désunit doucement pour en prendre une dans la sienne. Du regard, il lui demanda silencieusement si tout allait bien. Elle essaya de le rassurer d'un sourire, mais la tristesse et la culpabilité pesaient sur son cœur. Damian se tourna vers Bruce et Edna.

— C'est moi qui vous dois, ainsi qu'à votre fils, une grande reconnaissance, leur dit-il. Je suis très honoré d'être le papa de Kaylee, mais Tobias Kennedy sera toujours son vrai père. Depuis sa mort, vous avez veillé sur elle et sur Rosalia avec beaucoup d'amour. Pour cela je serai toujours votre débiteur.

Bruce bredouilla quelques paroles embarrassées et les yeux d'Edna se remplirent de larmes.

— Je sais que vous comptez beaucoup pour ma femme comme pour ma fille, reprit Damian, et j'espère que vous pourrez rester longtemps avec nous, ici, à New York.

— Nous ne demandons pas mieux, répondit Edna en souriant à travers ses larmes.

Rosalia sentit les siennes couler, elle aussi, mais elle sourit également à ses ex-beaux-parents.

— Vous comprenez pourquoi je l'aime tant ? dit-elle doucement.

— On dirait que tu t'es trouvé un homme bien, dit Bruce.

Puis il continua, en regardant Damian droit dans les yeux :

— Nous avons vu Rosalia se remarier avec beaucoup d'appréhension. Elle méritait d'être enfin heureuse et je crois que c'est ce qui lui arrive.

Damian le remercia sincèrement.

La conversation continua sur un ton beaucoup moins solennel et le couple se laissa convaincre sans trop de difficultés de ne pas rester à l'hôtel et de venir s'installer avec Rosalia et Damian pour le reste de leur séjour.

— Tu avais l'air tendue, quand je suis entré, tout à l'heure, dit Damian ce soir-là, en s'asseyant sur le lit pour retirer ses chaussures.

Comme chaque fois que son mari se déshabillait devant elle, Rosalia avait un peu de mal à fixer son esprit.

— Ah oui ? demanda-t-elle distraitement.

— Oui, tu semblais inquiète, malheureuse.

Cela avait l'air de le rendre soucieux.

Elle se força à se concentrer.

— Je me sentais coupable, expliqua-t-elle. J'aurais dû les inviter ici, quand Kaylee était en traitement, mais je n'y ai pas même pensé. Ils m'avaient offert de vendre leur maison pour payer les soins, mais cela n'aurait pas été suffisant. Pourtant, ils étaient prêts à faire ce sacrifice et moi, je les ai abandonnés, même s'ils ne l'ont pas vécu ainsi.

— Je suis désolé. J'aurais dû prendre cela en compte, moi aussi.

— Tu ne peux penser à tout.

— J'essaie pourtant, mais à te dire la vérité, je n'aimais pas l'idée que la famille de ton défunt mari puisse encore avoir des droits sur toi.

— Pourtant, tu as été très gentil avec eux.

Il continua de se déshabiller et comme toujours, Rosalia eut le souffle coupé en voyant apparaître son torse musclé.

— Parce que tu es loyale envers moi et que je l'ai constaté. Cela me suffit.

Elle ne s'attendait pas à cette réponse, qui ne correspondait pas vraiment à l'image qu'elle avait de lui. Parfois, elle aurait aimé pouvoir lire clairement dans les méandres de son esprit.

— Ils sont plus vieux que je le croyais, dit-il pensivement.

Rosalia, en peignoir de satin, rangeait dans la penderie la robe qu'elle avait portée au dîner.

— Ils ont eu Tobias assez tard, répondit-elle. Ce fut pour eux une bénédiction, car, après des années d'efforts infructueux, ils avaient renoncé à avoir jamais un enfant.

— Cela a dû être terrible pour eux, lorsqu'il a été tué…

Elle soupira et en se tournant vers lui, sa bouche s'asséchа soudain devant le spectacle de son corps nu.

— Oui, en effet…, bredouilla-t-elle en s'efforçant de se souvenir de ce qu'elle voulait dire. Ils ont reporté toute leur affection sur Kaylee et sur moi. Ils ont toujours été là pour nous. Je leur dois beaucoup et c'est pourquoi j'apprécie énormément la façon dont tu les traites.

— Je ne suis peut-être pas le plus sensible des hommes, *querida*, mais je ne suis pas une brute et la famille est une valeur forte pour moi.

Elle lui sourit.

— Eh bien, je suis heureuse que tu le penses, car Edna et Bruce comptent beaucoup pour Kaylee et moi.

— Ils ne sont pas ravis que ta fille m'appelle « papa »…

— C'était prévisible, mais je pense qu'ils le comprennent et qu'ils s'y habitueront. Tu as fait beaucoup pour les mettre à l'aise.

— Et toi, tu veux bien que je sois son papa ?

Comment pouvait-il poser la question ?

— Non seulement je le veux, mais tu n'imagines pas à quel point j'en suis heureuse. Je t'aime, Damian.

C'était facile de lui dire ces mots-là, même si elle savait qu'elle ne pouvait pas attendre d'écho de sa part.

Il s'assit au bord du lit, de nouveau.

— La gratitude, ce n'est pas de l'amour…

Elle vint s'asseoir sur ses genoux et mit ses bras autour de son cou.

— Non, bien sûr, mais ce que je ressens pour toi est bien plus fort que la simple gratitude. Je te désire follement. J'aime vivre auprès de toi. Tu me fais me sentir vraiment femme, même quand tu ne fais rien de spécial, que tu es simplement là, comme cet après-midi. Je t'aime, Damian. S'il te plaît, crois-moi.

Il la souleva soudain dans ses bras.

— Je vais prendre un bain, lui dit-il. Viens le prendre avec moi.

— D'accord…

Mais elle était contrariée qu'il ne lui dise pas qu'il la croyait. Pensait-il vraiment qu'elle pouvait confondre gratitude et amour ?

Il lui retira son peignoir alors que l'eau coulait dans la vaste baignoire à remous, puis enjamba le rebord et la reprit sur ses genoux.

— Je t'aime, murmura-t-elle encore et encore, tandis que de sa bouche ardente, il explorait son cou, ses épaules et sa poitrine.

Elle voulait que ces mots s'impriment en lui.

Il remonta lui clore la bouche d'un baiser passionné et bientôt, ils étaient enlacés dans l'eau bouillonnante. Elle posa sa main sur le sexe déjà dressé de Damian et il frémit.

Avec un sourire coquin, elle le caressa puis elle se tendit vers lui de toute la force de son désir. Elle sentit son corps se contracter, une fois encore, sous sa caresse. Elle tenta de toutes ses forces de repousser cette fatalité, poussant un soupir de frustration. Il la fit taire en intensifiant leur baiser, puis se leva, sortit de l'eau et retourna, nu et mouillé, dans la chambre pour en revenir aussitôt, la maudite petite boîte en plastique dans sa main.

Rosalia regarda l'objet avec désespoir et amertume.

— Nous ne pouvons pas utiliser cela chaque fois que nous voulons faire l'amour, gémit-elle.

Le pied sur le rebord de la baignoire, splendide dans sa glorieuse nudité, il la regarda.

— Crois-tu que cela m'ennuie le moins du monde d'embrasser tes seins, de les prendre dans ma bouche ?

— Non…

— Pourtant, cela se reproduit chaque fois que nous faisons l'amour…

— Ce n'est tout de même pas la même chose…

— Ah non ?

Elle ouvrait la bouche pour s'expliquer, mais il la coupa.

— Parce que tu sais, toi, ce qu'un homme aime faire à sa femme ?

Il entra dans la baignoire et la reprit dans ses bras. Elle voulut résister, mais il s'en moquait bien et elle n'était pas de force. Elle se retrouva sur ses genoux, consciente de la tension du sexe de son mari contre sa hanche. La main de Damian, caressant doucement son point le plus sensible, commença à vaincre sa résistance.

— Tu es si douce, murmura-t-il, si… soyeuse… Cela m'excite de te toucher…

Rosalia sentit son propre souffle s'accélérer.

— Surtout là…

— Mmm… moi aussi, j'aime que tu me touches…

— J'aime te faire l'amour, un point c'est tout. Vas-tu me dénier le droit de te toucher, dans un acte qui nous plaît à tous deux ? Cela m'excite de te sentir t'ouvrir à moi.

Elle voulait désespérément le croire, mais était-il sincère ?

Son incrédulité dut se peindre sur son visage, car

Damian émit un soupir excédé et reprit sa bouche avec autorité, d'une manière qui semblait la mettre au défi de le contredire.

Elle n'en fit rien.

Quand finalement leurs lèvres se séparèrent, celles de Rosalia frémissaient de désir inassouvi, de frustration.

— Il y a… ce dysfonctionnement sexuel, en moi, reprit-elle, vaincue.

Il prit ses seins dans l'eau.

— Pour moi, il n'y a aucun problème, dit-il tranquillement.

— Mais il faut utiliser ces… cylindres.

— Oui, et c'est très excitant.

Il n'avait pas l'air de plaisanter.

— Cela… t'excite ?

N'était-ce pas un peu bizarre ?

— C'est quelque chose de très intime entre nous. Quelque chose que je suis seul à pouvoir faire pour toi. T'aider, te préparer à me recevoir en toi, c'est quelque chose d'aussi important, d'aussi bouleversant que l'acte d'amour en lui-même. Bien sûr que cela accroît mon désir !

Elle aurait voulu parler, mais l'émotion l'étranglait, elle l'embrassa en essayant de mettre dans son baiser tout l'amour et toute la gratitude qu'elle ressentait pour lui.

Il lui fit l'amour dans l'eau bouillonnante, sans cesser de lui dire combien il l'aimait, combien il était bon de la sentir serrée autour de lui, combien il était toujours impatient d'entrer en elle.

Et quand il la pénétra, elle eut l'impression de vivre un véritable séisme.

Damian travaillait dans son bureau tandis que Rosalia tenait compagnie à leurs invités. Du moins, il était censé travailler, car en fait il pensait à l'amour et à tout ce que ce sentiment pouvait impliquer.

Elle lui avait dit qu'elle l'aimait, l'avait répété comme pour mieux le lui faire admettre. Elle avait dû sentir ses doutes quant à la réalité du don qu'elle lui faisait. Car c'en était bien un, en effet. Un merveilleux cadeau sans lequel il n'était plus certain de pouvoir vivre.

Si seulement il avait pu être sûr qu'il s'agissait bien d'amour ! Souvent elle parlait de la dette qu'elle avait envers lui. Damian voulait son amour, pas sa gratitude. Il voulait que Rosalia l'aime.

Les grands-parents de Kaylee rentrèrent chez eux au bout d'une semaine, avec l'assurance que Damian emmènerait femme et enfant les voir au Nouveau-Mexique dès que possible.

Ce soir-là, en entrant dans leur chambre, Rosalia trouva sur son oreiller un beau cœur de bois précieux, joliment gravé de mystérieuses volutes. Elle s'avança doucement pour s'en saisir, l'espoir, l'amour et la crainte se livrant une folle sarabande dans son esprit.

Se pouvait-il que ce fût le signe qu'elle attendait désespérément ? Un cœur, cela symbolisait l'amour, n'est-ce pas ? Romantique, exclusif et éternel… Tout ce qu'elle désirait de lui, en somme.

Elle prit l'objet dans sa main, savourant le doux poli du bois.

De près, on voyait mieux le motif de sa gravure : des roses en fleurs et en boutons, entrelacées d'un pampre de vigne aux feuilles délicates. Le motif ménageait un espace, au centre, où les mots « *Tu tienes mi corazon* » pouvaient se lire dans un cartouche.

Les yeux de Rosalia se brouillèrent. « *Tu détiens mon cœur.* » Ainsi, c'était vrai ? Elle ne parvenait plus à rassembler ses pensées.

Deux bras solides vinrent se refermer autour d'elle et elle poussa un cri de surprise.

— Es-tu prête à faire l'amour avec ton mari ? lui demanda-t-il de sa voix chaude, caressante, aussi excitante que l'était la proximité de son corps.

Rosalia sourit, se sentant vraiment femme et forte, pleine d'espoir et le cœur battant très vite. Elle le regarda au fond des yeux, suspendue à ses lèvres. Elle sentait qu'il allait dire quelque chose de très important.

Il prit le visage de sa femme entre ses mains en coupe.

— Je t'aime, Rosalia.

Elle fondit en larmes et il lui sourit.

— Dès que je t'ai vue, je t'ai désirée. J'étais intrigué par toi, au début, et plus le temps passait, plus tu m'inspirais un désir violent. Je me consumais littéralement.

— Mais le désir n'est pas l'amour…, murmura-t-elle en reprenant ses paroles.

Le sourire de Damian se fit incroyablement tendre.

— Tu m'as dit que tu me devais bien plus que de la gratitude.

C'était presque une question inquiète et elle n'eut aucun mal à le rassurer.

— C'est vrai. Je ne te remercierai jamais assez pour tout ce que tu as fait pour moi. Mais le plus beau cadeau que j'aie reçu de la vie, c'est encore toi. Je t'aime, Damian. Passionnément. Complètement.

— Moi aussi, je ressens cet amour dont tu parles. Je te désire plus que je n'ai jamais désiré une femme, mais ce que j'éprouve pour toi est bien au-delà du lien physique. L'amour est le seul mot qui puisse définir cet élan de toute mon âme vers la tienne.

C'était ce que Rosalia avait toujours voulu, toujours espéré entendre. Mais il subsistait encore un léger doute en elle.

— Même avec… mon problème ? demanda-t-elle d'une toute petite voix, avec une vulnérabilité qu'elle ne pouvait pas lui dissimuler.

— Il n'y a pas de problème, pour moi. Je t'aime…

Il pressa doucement ses lèvres contre les siennes.

— Cela veut dire entre autres que j'aime ton corps et tout ce qui s'y rapporte.

Il la porta sur le lit et l'étendit sur les couvertures, sans cesser de la regarder. La joie qu'elle ressentait se reflétait dans les yeux sombres de Damian.

— Je t'aime, passionnément et pour toujours…

Rosalia sentit l'émotion la submerger. Elle avait épousé cet homme pour sauver la vie de sa fille, mais il lui avait donné bien plus que cela.

Il lui avait offert une nouvelle vie.

— Je t'aime, Damian, passionnément et pour toujours, répéta-t-elle.

— Je le sais.

La main de son mari, possessive, caressait la courbe de sa hanche.

— Il m'a fallu longtemps pour le comprendre, poursuivit-il, mais à présent je le sais. Ce que nous avons est unique. Tu es une femme qui n'a pas sa pareille au monde.

— Et ce n'est pas de la simple gratitude que nous éprouvons l'un pour l'autre…

— Non et pas seulement non plus du désir. C'est de l'amour, pur, fort, invincible.

Des larmes perlèrent de nouveau aux yeux de Rosalia et elle les laissa couler.

— Je suis si heureuse, balbutia-t-elle.

— Moi aussi, *mi corazon*.

Il la serra dans ses bras et elle se pelotonna contre lui.

— Tu es comme l'air que je respire, jamais je ne te laisserai t'éloigner.

Rosalia se souvenait combien il s'était battu, dès le début, pour que leur mariage soit viable.

— Tu m'as tant donné, murmura-t-elle.

— Et toi, plus encore. Tu m'as offert une famille, de nouveau. Que pèsent le nom et la richesse de Damian

Marquez, devant le droit d'être mari et père, de nouveau ? Tu as rempli ma vie au-delà de toute mesure.

— Oh, Damian…

Elle l'embrassa à en perdre le souffle, comme si elle voulait faire déborder son cœur dans le sien. Quand leurs lèvres s'écartèrent, ils tremblaient tous les deux.

— Je t'aime.

— Je t'aimerai jusqu'à mon dernier souffle et après, pour l'éternité.

Il scella ce serment d'un fervent baiser.

Rosalia reposa délicatement son bébé dans le berceau que son grand frère avait utilisé deux ans plus tôt. Elle avait encore peine à réaliser tous les changements survenus au cours de ses trois années de mariage avec Damian. Même ses liens avec son grand-père et avec sa mère s'étaient resserrés. Elle avait à présent trois enfants et leur père les aimait avec la même tendresse attentive qu'il manifestait à son épouse.

La boîte contenant les cylindres était toujours dans sa commode, mais elle n'avait pas été ouverte depuis la naissance de leur premier fils. Pourtant, Damian refusait qu'elle s'en débarrasse, disant qu'ils leur rappelleraient toujours les efforts qu'ils avaient dû déployer pour pérenniser leur mariage.

Il était un mari et un père merveilleux, comme seul, peut-être, un ancien intoxiqué du travail pouvait l'être.

— Il dort ?

Elle se tourna et lui sourit, le cœur battant comme au premier jour, à sa vue.

— Oui.

— Tu es toute à moi, maintenant, alors ?

— Je le suis toujours.

Il la souleva dans ses bras et la porta jusqu'à leur chambre.

Là, il lui fit l'amour en lui murmurant ces mêmes mots d'amour pleins de passion.

Elle était tout pour lui, il était tout pour elle et leur amour était plus fort chaque jour. Ils ne le tenaient pourtant pas pour acquis, sachant trop que c'était un pur miracle.

Retrouvez en février 2020,
dans votre collection

Azur

Le secret de Jasmine, de Sharon Kendrick - N°4180

ENFANT SECRET

Jasmine s'est donnée corps et âme à Zuhal el-Haidar, prince du Razrastan. Mais, après une liaison aussi intense que passionnée, elle a dû se résoudre à une séparation inévitable et fuir le royaume... Aussi, c'est avec stupeur qu'elle découvre le cheikh sur le pas de sa porte, dix-huit mois plus tard. Comment Zuhal l'a-t-il retrouvée ? Pourquoi, surtout, l'a-t-il cherchée ? Alors que les questions affluent dans son esprit, leurs retrouvailles sont interrompues par Darius, le petit garçon à qui Jasmine a donné le jour. L'enfant de Zuhal...

Son mystérieux patron, de Michelle Conder - N°4181

COUP DE FOUDRE AU BUREAU

Un bal masqué... Voilà l'occasion qu'attendait Ruby pour troquer son tailleur d'avocate sérieuse contre les atours d'une audacieuse séductrice. Jamais elle ne s'est sentie aussi libre que dissimulée sous ce loup glamour... Et, lorsqu'un inconnu mystérieux la fait tournoyer sur la piste de danse, elle oublie tout, sauf les bras puissants qui l'enlacent. Mais les interludes les plus magiques connaissent souvent une fin abrupte. Ruby en fait l'expérience quand, encore grisée des baisers de son cavalier, elle découvre qu'il n'est autre que Sam Ventura, son nouveau patron...

Liaison avec un roi, de Clare Connelly- N°4182

Lorsqu'elle s'est découverte enceinte, Frankie a tout fait pour retrouver son mystérieux amant d'une nuit. En vain. Aussi est-elle bouleversée de le voir réapparaître dans sa vie, deux ans plus tard, sous l'identité de Matthias Vasilliás, roi de Tolmirós ! Mais le pire est à venir car, en découvrant qu'elle a eu un enfant de lui, Matthias revendique immédiatement son héritier. Et exige de Frankie qu'elle le suive au palais, pour devenir sa reine...

L'enfant d'une vengeance, d'Abby Green - N°4183

Séduite par vengeance... Quand Cara découvre l'identité de l'homme auquel elle a offert son innocence, elle tombe des nues. Son amant d'une nuit, Vincenzo Valentini, l'a conquise uniquement pour mieux la rejeter ensuite. Parce qu'il la tient pour responsable de la disparition de sa sœur, il n'a cherché qu'à la contrôler, alors qu'elle se languissait de désir entre ses bras. Hélas, Cara doit maintenant faire face à l'amère vérité, mais surtout aux conséquences de cette passion vengeresse...

Séduction méditerranéenne, de Julia James - N°4184

Jouer la fiancée de Marc Derenz ? Pour Tara, rien n'est moins simple. Certes, il ne s'agira que d'une comédie, visant à décourager les nombreuses prétendantes qui s'affolent autour du beau milliardaire. Mais l'attirance que Tara ressent pour Marc est bien réelle, hélas ! Dans le monde glamour où il l'entraîne, Tara perd peu à peu la raison, et son contrôle... Jusqu'à se demander si elle parviendra longtemps à tenir son rôle, sans mettre son cœur en péril...

Pacte avec un homme d'affaires, de Dani Collins - N°4185

L'amour, la sécurité, un endroit où elle se sente chez elle. Voilà à quoi aspire Luli, tout en sachant que la vie n'est pas un conte de fées... Peut-elle accepter de contracter un mariage de convenance avec Gabriel Dean, alors qu'il n'a jamais été question de sentiments entre eux ? Certes, le milliardaire peut lui offrir un avenir confortable et le foyer dont elle a toujours rêvé, mais en devenant son épouse sur le papier seulement Luli ne vend-elle pas son âme à Gabriel, quand son corps brûle qu'il la touche ?

Des noces si dangereuses, de Heidi Rice - N°4186

« Épouse-moi. » La voix de Dominic LeGrand est une caresse, aux oreilles d'Alison. Mais sa proposition de pure convenance n'en est pas moins absurde ! Tous deux viennent à peine de se retrouver, et voilà qu'il la demande en mariage ? Lorsqu'elle était adolescente, Alison était folle de Dominic. L'été de leur rencontre, il avait plané sur sa vie comme un ange déchu, porteur de danger et d'excitation. Peut-elle le laisser de nouveau bouleverser son existence et l'entraîner dans cette comédie sentimentale ? Contre toute raison, Alison se surprend à dire *oui*...

Une conquête scandaleuse, de Caitlin Crews - N°4187

SÉRIE : *SCANDALEUSE NOBLESSE* - 2/3

Assistante dévouée chez Combe Industries, Lauren a l'habitude d'exécuter les tâches les plus délicates. Sa dernière mission ? Pour éviter un scandale médiatique, elle doit retrouver Dominik James – le mystérieux frère de son patron – et l'épouser ! C'est en Hongrie que Lauren fait la connaissance du troublant Dominik. Et si elle parvient à le convaincre de rentrer avec elle en Angleterre, auprès de sa célèbre famille, elle comprend vite qu'elle a commis une grave erreur. Au lieu d'agir en professionnelle, comme elle le fait toujours, Lauren est tombée amoureuse...

Promise par devoir, d'Amanda Cinelli - N°4188

SÉRIE : *MARIAGES À MONTEVERRE* - 2/2

Pour le cheikh Khalil al-Rhas, roi du Zayyar, le mariage est une affaire d'État, qui doit à tout prix se défaire de tout sentimentalisme. Mais, quand sa fiancée s'enfuit avec l'homme dont elle est amoureuse, il décide de prendre les choses en main et de s'assurer que sa promise de substitution, elle, ne lui fera pas défaut. Dès sa rencontre avec la princesse Cressida, toutefois, Khalil ressent un trouble inédit et bien trop intense. Une émotion qu'il est résolu à cadenasser, pour accomplir son devoir au côté de cette femme qui le hait déjà...

Sous l'emprise de Joao Oliviera, de Maya Blake - N°4189

Démissionner. Pour échapper à l'emprise de son patron, Saffie ne voit pas d'autre issue que celle de quitter le travail auquel elle se consacre entièrement. Depuis quatre ans qu'elle est l'assistante de Joao Oliviera, elle n'a plus de vie privée. Or, elle redoute aujourd'hui de laisser passer sa chance d'être maman. Et puis, comment pourrait-elle rester professionnelle avec Joao, alors qu'elle ne parvient pas à oublier le moment d'égarement qui les a unis, le temps d'une nuit ? Oui, partir est la seule solution, Saffie en est persuadée – avant de se découvrir enceinte...

L'héritier de Casa Carella, de Helen Brooks - N°4190

En panne, sur une route déserte, dans cet endroit perdu du sud de l'Italie ? Ce n'est pas tout à fait le genre d'aventures dont Cherry rêvait en venant passer des vacances dans la région ! Mais ce qui était déjà un fiasco tourne au cauchemar quand elle se voit contrainte d'accepter l'hospitalité que lui offre, visiblement à contrecœur, Vittorio Carella, le propriétaire du domaine isolé où elle s'est égarée. Car son hôte, bien qu'extrêmement séduisant, la traite avec une telle froideur et une telle arrogance que Cherry n'a bientôt qu'une envie : partir au plus vite. Pour que cesse enfin cette troublante intimité...

Composé et édité par HarperCollins France.

Achevé d'imprimer en décembre 2019.

CPI
BLACK PRINT

Barcelone

Dépôt légal : janvier 2020.

FSC
www.fsc.org
MIXTE
Papier issu de sources responsables
FSC® C108412

Pour limiter l'empreinte environnementale de ses livres, HarperCollins France s'engage à n'utiliser que du papier fabriqué à partir de bois provenant de forêts gérées durablement et de manière responsable.

Imprimé en Espagne.